AF185406

Rowohlt Verlag GmbH, Kirchenallee 19, 20099 Hamburg

Kontaktadresse nach EU-Produktsicherheitsverordnung:
produktsicherheit@rowohlt.de

«Seinen zwischen Normalität und Perversion lavierenden Trauergestalten haftet nichts Belehrendes, nichts Schwerfälliges an. Diese Habenichtse aus Brandenburg oder Berlin werden von einer federleichten Prosa getragen, und diesen scheinbaren Widerspruch erzählerisch zu gestalten, darin besteht die nicht geringe Leistung Wolfgang Herrndorfs.» (Neue Zürcher Zeitung)

«Wenn der Sinn der Literatur darin besteht, Dinge zu verändern, dann sind Wolfgang Herrndorfs Erzählungen keine Literatur.» (Frankfurter Rundschau)

«Sechsmal unterhält er bestens und bringt die Oberflächen zum Tanzen, und immer achtet er sorgsam darauf, dass sich darunter wirklich nichts finden lässt. Wenn sich dennoch die eine oder andere Lebenswirklichkeit findet, ist das nicht mehr Herrndorfs Sache, genauso wenig wie die Einschätzung: Besseres als diese Geschichten kann der Popliteratur im Moment nicht widerfahren.» (Der Tagesspiegel)

«Ein dolles Buch.» (Die Zeit)

WOLFGANG HERRNDORF

Diesseits des
Van-Allen-Gürtels

Rowohlt Taschenbuch Verlag

10. Auflage Mai 2023

Veröffentlicht im Rowohlt Taschenbuch Verlag,
Reinbek bei Hamburg, Februar 2009
Copyright © 2007 by Eichborn AG,
Frankfurt am Main
Umschlaggestaltung any.way, Barbara Hanke / Cordula Schmidt
(Foto : neuebildanstalt / Seves ; PM / Getty Images)
Satz Garamond BE, InDesign,
bei Pinkuin Satz und Datentechnik, Berlin
Druck und Bindung BoD - Books on Demand GmbH,
Bad Hersfeld
ISBN 978 3 499 24777 4

Inhalt

Der Weg des Soldaten

Die praktischen Prüfungen waren leicht. Nicht, dass ich Bäume ausgerissen hätte oder so, aber ich konnte sehen, dass das um mich herum auch keiner tat. Die meisten hätte man nach dem ersten Tag aussortieren können. Abends lag ich in der Jugendherberge und starrte die Decke an, den Handtuchspender, den Spiegel. Ich fand es albern, in dem Alter in einer Jugendherberge, aber ich war nicht der Einzige. Zehn oder zwölf Mitbewerber, man erkannte sich an den Mappen.

Am dritten Tag, vor der mündlichen Prüfung, wurde auf meinem Zimmer einer krank. Franco Cosic. Er bekam starkes Fieber und Halsschmerzen, und wir wussten nicht, was wir machen sollten. Er war nicht krankenversichert. Deutsch sprach er nur mit schwerem Akzent. Alle fünf Minuten schmiss er seine Decke auf die andere Seite, schweißgetränkte T-Shirts hingen über ihm am Doppelstockbett wie tibetische Wimpel.

«Meine Lippen brennen, Wahnsinn», sagte er.

Ich ging in die Apotheke, täuschte seine Symptome vor und kam mit einem Schmerzmittel und einer eigentlich rezeptpflichtigen Flasche Hustensaft zurück. Er starrte mit glasigen Augen durch mich hindurch, während er trank.

«Mein Freund», sagte er.

Der Hustensaft enthielt Codein, und wir ließen die Flasche kreisen. Hendrik, der Dritte auf unserem Zimmer, bekam einen stundenlangen Redeanfall. Er redete von seiner Freundin, von seinem Urlaub, von Politik. Hauptsächlich von seiner Freundin. Er fand es aufregend, *das Tier mit den zwei Rücken* und solche Dinge zu sagen. Zwischendurch legte er immer dem Kranken die Hand auf die Stirn und meinte, es sei seine Pflicht als Arzt, ihn darauf aufmerksam zu machen, dass er die Nacht nicht überstehen würde. Franco lachte verunsichert, und Hendrik sagte, er kenne sich aus, er sei Pfleger an der Berliner Charité.

Ich erinnere mich nicht mehr an viel von diesem Abend, aber wie ein Foto blieb eine Zehntelsekunde in meinem Kopf hängen. Als ich das Licht ausschaltete, zeigte der Spiegel über dem Waschbecken mein seligstes Lächeln. Das kam nicht nur vom Codein. Ich hatte noch nie in meinem Leben Künstler gesehen. Ich hatte eine Reihe von Übermenschen erwartet oder wenigstens Personen mit unglaublich interessanten Ansichten, mit Augen von Holbein oder Mündern von Mengs. Erleichtert schlief ich ein.

Am nächsten Morgen ging es Franco tatsächlich etwas besser, und er konnte aufstehen. Nur seine Stirn sah aus wie mit Schmirgelpapier bearbeitet, da er sich die ganze Nacht lang die Schweißtropfen mit einem Leinentuch abgewischt hatte. Er fürchtete, wegen seiner mangelhaften Deutschkenntnisse nicht genommen zu werden, und ich beruhigte ihn, indem ich Witze über unsere Mitbewerber machte, Neohippies und Abiturientinnen mit aquarellierten Tagebüchern.

Hendrik war noch so redselig wie am Abend zuvor, und er flog nach einer Minute aus der Prüfung. Dabei war es eigentlich keine Schwierigkeit. Die Prüfungskommission stellte vollkommen belanglose Fragen, es war alles längst entschieden. Mich fragte man, was ich von Paul Klee hielte, und ich antwortete: nichts. Franco wurde gefragt, was er für Ernährungsgewohnheiten habe. Am Nachmittag konnten wir uns immatrikulieren.

Anschließend fuhren wir Hendrik mit dem Mercedes zum Bahnhof. Mein Onkel hatte mir den Mercedes für eine Woche geliehen, damit ich an meinem neuen Studienort gleich alles klarmachen konnte, wie er es ausdrückte. Während der Fahrt fing Hendrik an, durchzudrehen. Er würde nicht aufhören, an seiner Entwicklung zu arbeiten, sagte er. Seine Radierungen seien nicht zu schwach, eher zu subtil, hätten die Professoren gemeint, nächstes Jahr werde er sich erneut bewerben.

«Das ist die korrekte Position», sagte Franco und biss auf seinen Fingernägeln rum.

«Dann bis nächstes Jahr», sagte ich.

Als wir auf dem Gleis standen und Hendrik hinterherwinkten, kamen mir die ersten Zweifel. Der Nürnberger Bahnhof gehört zu den deprimierendsten Bahnhöfen der Welt, alles wie geleckt, wie in einer 5000-Einwohner-Stadt. Ich wusste plötzlich nicht mehr, was ich hier wollte. Franco warf zwei Paracetamol ein und kaufte ein Sixpack am Kiosk, und weil wir uns nirgends hinsetzen konnten, setzten wir uns in den Mercedes und fuhren um die Stadtmauer herum. Aus unerklärlichen Gründen ist diese mittelalterliche Stadtmauer komplett erhalten. Es war ein trüber Spätherbsttag. Franco war ganz aufgekratzt und schrie immer «Mein

Freund!» und haute mir beim Fahren auf die Schulter. Er hatte nicht damit gerechnet, die Aufnahmeprüfung zu bestehen. Den ganzen Abend fuhren wir im Kreis und hielten nur an, um neue Sixpacks zu kaufen.

«Ist ganz Deutschland so», sagte Franco nach einer Stunde. Frustrierende, kleine Straßen. Frustrierende, sandsteinfarbene Fachwerkbauten. Vom Auto aus gesehen war es irgendwie amüsant. Aber länger als fünf Tage hierzubleiben erschien mir verwegen. Franco wollte am nächsten Tag nach Spanien, um seine Wohnung aufzulösen. Als wir noch betrunkener waren, fing er an, von seinem südländischen Temperament zu erzählen (seine Haut war weiß und schorfig wie die eines Polarforschers), und noch später warf er die Arbeiten aus dem Fenster, die er während der praktischen Prüfung gemacht hatte.

«Kannst du nichts mitnehmen!», rief er, und große, schmierige Pappen segelten hinter uns durch die Nacht.

Nach der einunddreißigsten Umrundung der Stadtmauer blieb das Auto liegen, mitten auf der Straße, ohne Vorwarnung. Wir lagen vor einem Platz, der *Plärrer* hieß, an der südwestlichen Ecke der Altstadt, und Franco fing an zu kichern. Er lachte, er zeigte mit dem Finger auf das Straßenschild und lachte, und ich lehnte mich über das Lenkrad nach vorn und schloss die Augen. Nichts passierte. Der Verkehr floss um das Hindernis, die Tram versetzte den Wagen in Schwingungen, aber nichts passierte. Nicht mal hupen konnten sie hier.

Es war leicht, ein billiges Zimmer in einem Studentenwohnheim aufzutreiben. Bevor Franco nach Spanien gefahren war, hatten wir abgemacht, wer als Erster eine Wohnung fände, würde den anderen solange bei sich wohnen lassen. Ich hängte für Franco einen Zettel mit meiner neuen Adresse ans Schwarze Brett der Akademie, aber Franco blieb verschwunden.

Das Studium war ein Desaster. Unsere Professorin erschien genau einmal die Woche, ließ sich Bilder zeigen und redete mit uns, als wären wir Fünfjährige. Für jeden Studenten hatte sie einen eigenen Satz. Frau Reifkarst, Sie lesen zu wenig. Herr Brüschke, denken Sie mal über Ihr Menschenbild nach. Es war unglaublich. Mein Satz lautete: Sie sind innerlich unbeteiligt. Jedes Mal, wenn ich Arbeiten zeigte: Sie sind innerlich unbeteiligt. Ich wusste nie, was damit gemeint war. Meinen Mitstudenten schien dieses Gerede nicht gerade den Schlaf zu rauben. In der Aufnahmemappe hatten die meisten Bleistiftzeichnungen und kleine Landschaften transportiert, nach zwei Wochen an der ABK malten sie mannshohe Leinwände mit Schrubbern voll. Viele kamen von Waldorfschulen und lasen Faschistenliteratur. Sie saßen in der Klasse und diskutierten sogenannte Wahrnehmungen, und am Wochenende fuhren sie mit zwei großen Taschen voller schmutziger Wäsche zu ihren Eltern.

Schon bald versuchte meine Professorin, mich rauszuschmeißen. Sie habe sich in mir getäuscht. Das größte Problem stelle meine Haltung dar. Wahrscheinlich wäre ich lieber Insektenforscher geworden, oder warum würde ich den ganzen Tag im Unterholz vor der Akademie rumkriechen? Alles, was ich bisher gemacht hätte, sei Mist.

«Mist!», sagte sie.

Ich sagte, dass mir der Gedanke auch schon gekommen sei.

«Sehen Sie! Sie geben sich nicht die geringste Mühe, mich zu verstehen», rief sie. «Ich gebe Ihnen gute Ratschläge, und Sie hören nicht zu. Ich sage Ihnen, Sie müssen in sich hineinfühlen, und Sie tun es nicht. Vielleicht ist da ja nichts? Haben Sie mal darüber nachgedacht? Sie sind vielleicht nicht doof, aber das reicht hier nicht. Sie müssen empfinden. *Empfinden!* Wenn das so weitergeht, schmeiß ich Sie raus, am Semesterende, ich kann das.» Sie zog ihre Mundwinkel zu einer Art Lächeln nach unten, und ich machte, um sie nicht zu enttäuschen, einen innerlich unbeteiligten Eindruck.

Das Studium war aber nicht mein Hauptproblem. In der ersten Zeit war ich fast ausschließlich damit beschäftigt, mir auf dem Flohmarkt Möbel und Bettwäsche und Teller und Töpfe zu kaufen und mich mit Franco Cosic herumzuschlagen. Irgendwann nämlich stand Franco vor meiner Tür. Er hatte einen Seesack in der Hand, ein Bügeleisen in der anderen, und er war vollkommen begeistert und bekifft. Er hielt meinen Zettel, den ich am Schwarzen Brett vergessen hatte, hoch und schwenkte ihn wie einen Liebesbrief, und ich umarmte ihn. Ich hatte keine sozialen Kontakte geknüpft, seit das Studium begonnen hatte, ich kannte niemanden im Umkreis von 500 Kilometern, und ich umarmte ihn leidenschaftlich. Er roch, als hätte er seit Wochen nicht geduscht. Das Bügeleisen hatte er im Müll gefunden und mitgenommen, weil er meinte, ich könne es vielleicht reparieren. Am Anfang besaß Franco überhaupt kein Geld, und es bestand keine Aussicht, ihn aus meiner Einzimmerwohnung wieder rauszukriegen.

Tagsüber fuhren wir an die Akademie. Abends hockten wir an meinem Tisch, der aus zwei Pappkartons und einem

Resopalbrett bestand, und ich wurde immer gereizter. Ich muss jeden Tag eine gewisse Zeit mit mir allein sein, sonst drehe ich durch, und Franco tat das Menschenmögliche, damit ich durchdrehte. Sein kompletter Besitz bestand aus neunzehn Teilen, aber er schaffte es, diese neunzehn Teile so in meiner Wohnung zu platzieren, dass sie überall obenauf lagen und alles versperrten. Er erzählte von kroatischen Kindheitserlebnissen. Ich hatte keine ruhige Minute. Es war unmöglich, einander aus dem Weg zu gehen. Wenn ich abends in einer Ecke saß, um ein Buch zu lesen, fragte Franco nach fünf Sekunden: Was machst du da? Was ist das für ein Buch? Worum geht es? Liest du mir vor?

Aus Rache nahm ich irgendwann das Geschütz aus dem Regal. Schopenhauer.

«Was ist das für ein Buch?», fragte Franco. «Liest du mir vor?»

Und ich las ihm vor. Stundenlang. Franco war begeistert. Er verstand kein Wort, dafür war sein Deutsch zu schlecht, und, um ehrlich zu sein, auch ich verstand kein Wort. Aber an ein Aufhören war nicht zu denken. Franco war außer sich, dass ich so schwierige Bücher kannte. Nach jedem zweiten Satz stellte er eine Verständnisfrage. «Was ist die *Objektität des reinen Willens*?» Ich wusste es nicht, aber während ich es erklärte, begriff ich es manchmal selbst. Nach jedem Abschnitt gab ich eine Zusammenfassung. Ich las, ich erklärte, und wenn ich nicht weiterwusste, preschte Franco in die Lücke und brachte alles mit indischer Seelenwanderung und Heisenberg'scher Unschärferelation in Verbindung, seinen zwei Lieblingsgedanken. Er fragte, ob ich ihm zustimmen könne. Ich antwortete, dass ich ihn für geisteskrank hielte, und er wurde wütend wie ein kleines Kind. Trotzdem las ich ihm jetzt nächtelang Schopenhauer vor, denn alles andere war noch schlimmer.

Irgendwann fiel die Heizung aus. Ich lieh mir einen Heizlüfter, aber der erwärmte das Zimmer nur auf zehn oder zwölf Grad. Wenn ich jetzt abends aus der Akademie zurückkam, lag Franco meistens in meinem Bett, das er den ganzen Tag nicht verlassen hatte.

«Ich habe eine Vision gehabt», sagte er mit ersterbender Stimme. «Willst du wissen?»

«Nein», sagte ich.

Ich setzte in der Küche Wasser auf, ohne die Handschuhe auszuziehen, und sah aus dem Fenster. Aus einem gelbschwarzen Himmel fiel Schnee und taumelte über die vierspurige Straße. Ein Polizeiauto hielt neben einer Schneewehe. Der Beifahrer stieg aus, trat mit einem Fuß in die Schneewehe, und ich erinnerte mich wieder daran, dass ich von Anfang an gewusst hatte, dass diese Stadt nichts für mich war.

«Ich hatte furchtbaren Hunger», sagte Franco. «Aber ich konnte nicht aufstehen. Mir war zu kalt. Ich musste die ganze Zeit ans Totsein denken. Wenn ich die Möglichkeit gehabt hätte … oh Mann. Aber ich hab nur auf die Wand gestarrt, und dann plötzlich habe ich dieses Wort auf der Wand realisiert. In großen klaren Buchstaben. Wie vor meine Stirn geschlagen. UNTERKALT.»

Er machte eine Kunstpause. Ich konnte hören, wie er unter der Bettdecke raschelte.

«Gibt es das Wort?»

«Nein», sagte ich.

«Ist das nicht phantastisch?», rief er. «Ich werde ein Objekt machen. UNTERKALT!»

«Großartig», sagte ich. «Schreib's dir auf, damit du's nicht vergisst.»

Schließlich gelang es mir, Franco bei Alexander unterzubringen, einem Kommilitonen. Alexander hatte eine Zweizimmerwohnung und kam mit Franco besser klar als ich. Franco musste sich auch nicht an der Miete beteiligen. Nur einmal erzählte Alexander, dass Franco ihm mit Schopenhauer auf die Nerven gehe. Man könne mit ihm keine Busfahrkarte kaufen, ohne dass er vom freien Willen anfange. Alexander tat so, als ob es ihn aufregen würde, aber in Wirklichkeit gefiel es ihm. Er war Lehrerkind und stand auf Ausgetickte.

An der ABK traf man Franco selten in irgendwelchen Kursen. Wenn man ihn fragte, was er den ganzen Tag mache, antwortete er: Nachdenken. Er bequatschte alle Studenten, keiner hielt es lange aus. Ich kriegte mit, dass er anfing, hinter meinem Rücken rumzuerzählen, was für ein wahnsinniges Genie ich sei. Er erzählte jedem, der es nicht hören wollte, dass ich ein wahnsinniges Genie sei, und hüllte sich auf Nachfragen in geheimnisvolles Schweigen. Wenn er mich am Ende eines langen Ganges entdeckte, schrie er über hundert Meter Entfernung: «Ah, der Herr Schopenhauer! Habe die Ehre!»

Selbst unter den Durchgeknallten an der ABK war Franco eine Ausnahmeerscheinung, auch was seine Arbeiten betraf. Obwohl ich Konzeptkunst neben Gitarrenmusik und Totalitarismus zu den großen Irrtümern des zwanzigsten Jahrhunderts rechne, muss ich zugeben, dass Francos Gebastel mich erschütterte. Neben den Installationen seiner Mitstudenten nahmen sich Francos Objekte aus wie der

Weihnachtsbasar der Bodelschwinghschen Anstalten. Es war schwer, nicht in Tränen auszubrechen.

Manchmal erkundigten sich Mitstudenten bei mir nach Franco, und ich erklärte ihnen hinter vorgehaltener Hand, er entstamme einer kroatischen Kriegsverbrecherdynastie. Seine vier älteren Brüder seien alle hochrangige Militärs, nur er, der Jüngste, ein missratenes Pazifistenschwein. Der Vater habe ihn in die Geschlossene einweisen lassen, aus Gründen der Familienehre. Vor einem halben Jahr die Flucht nach Spanien, das Studium erfolge auf Anraten seines Analytikers. Franco selbst könne über diese Dinge nicht sprechen.

Wie Franco tatsächlich auf seine Umgebung wirkte, konnte man daran sehen, dass acht von zehn Leuten diese Geschichte glaubten. Noch Jahre später bekam ich sie in unterschiedlichen Versionen immer wieder zu hören, abenteuerlich ausgeschmückt mit Ustascha-Häuptlingen und Elektroschocks.

Noch schlechter als mit Studenten kam Franco mit Studentinnen klar. Er war nicht besonders attraktiv, und seine euphorische Art konnte auch das gutmütigste Rudolf-Steiner-Häschen in die Flucht schlagen. Die Art und Weise, wie er versuchte, beim anderen Geschlecht zu landen, ließ mich irgendwann vermuten, dass er noch Jungfrau war. Er behandelte weibliche Wesen wie Gottheiten. Ich versuchte ihm zu erklären, worin sein Fehler bestand, aber alles, was ich vorbrachte, war ihm noch unverständlicher als die Geschichte der abendländischen Philosophie. Er sagte, er wolle überhaupt keine Frau kennenlernen.

Eines Morgens, in einer Pause beim Aktzeichnen, zog Franco ein zusammengefaltetes Foto aus seinem Portemonnaie. Es war ein Ausriss aus einer offenbar spanischen Tageszeitung, das grobgerasterte, verschwommene und atemberaubende Bild eines jungen Mädchens. Die Züge ebenmäßig, bis auf ein Auge, das schief im Kopf drinstand.

«Meine Freundin», sagte Franco.

Ich zweifelte nicht eine Sekunde lang, dass er der Person auf dem Foto noch nie begegnet war. Er erzählte, er habe sie vor Jahren auf einer Ausstellung kennengelernt, sie sei eine große Künstlerin. Er schreibe ihr täglich, leider antworte sie selten, aber wenn er endlich die Wohnung vom Sozialamt bekäme, würde sie auch nach Deutschland ziehen. Er schilderte die Freundlichkeit des Sachbearbeiters vom Sozialamt in den glühendsten Farben, dann erzählte er begeistert von seinem UNTERKALT-Projekt, das gerade gescheitert war, was er zum Teil des Konzepts erklärte. Dann redete er davon, wie er sich ein Loch in die Hose gerissen hatte, und zeigte mir das Loch. Alles im Tonfall äußerster Euphorie. Und diese Euphorie deprimierte mich immer am meisten. Egal, was passierte oder nicht passierte, Francos rauschhafter Zuneigung zum Leben konnte nichts etwas anhaben. Wenn er seinen Schal verlor, entdeckte er die Faszination der Kälte. Wenn wir eine Stunde zu Fuß im Schneegestöber durch die Stadt liefen, um ins Kino zu gehen, weil unser Geld für Kino *und* U-Bahn nicht reichte, und wenn wir nicht reinkamen, weil das Kino ausverkauft war, war Franco begeistert.

«Wieder acht Mark gespart!», sagte er. «Wir werden uns großartig amüsieren.»

«Mit acht Mark», sagte ich.

Vor einem Supermarkt fing er an, Einemarkstücke in die Einkaufswagen zu stecken, acht Stück insgesamt. Ich machte ihn darauf aufmerksam, dass man, um die gesamte Schlange von Einkaufswagen abzulösen, nur eine einzige Mark brauchte.

«Du bist so schlau!», sagte er, schob die Wagen wieder ineinander und löste zwei Zehnerreihen aus, eine für mich, eine für ihn.

«Was soll ich damit?», sagte ich.

Es war mühsam, die Wagen durch die nächtlichen Straßen zu schieben. Zum Wohnheim am Kettensteg ging es einen Berg hinauf. Franco steuerte die Mauer an, die fünfzehn Meter in die Pegnitz hinabführte, und sagte, ich solle ihm helfen. Aber es war aussichtslos, die Wagen am Stück über die Mauer zu kriegen. Wir hatten sie kaum den Berg raufschieben können, anheben war unmöglich. Also investierte Franco nochmal zwei Mark und spaltete die Wagen in Fünfergruppen. Die hievten wir stöhnend in den Fluss, eine nach der anderen.

«Ihr Arschlöcher!», rief Franco. «Könnt ihr mich hören? Ich hasse euren Scheißkapitalismus, ihr Arschlöcher!»

Niemand hörte ihn. Es war Nacht, und die Leute schliefen und mit ihnen die Leidenschaften, die sie für dieses Gesellschaftssystem empfinden mochten. Flach und silbern blinkten die Einkaufswagen unten im Fluss, von kleinen Wellen überspült. Früher oder später würden sich Schlamm und Treibgut in ihnen verfangen.

«Noch zwanzig Mark, und du kannst den ganzen Fluss stauen und die Altstadt versenken», sagte ich, und lange standen wir dort oben im Schneegestöber und schauten hinunter und rauchten, und Franco versicherte mir ein ums andere Mal, was für ein ausgezeichneter Mensch ich sei.

Es schneite die ganze Woche. Dann kamen frostklare Tage mit einer grellen, tiefstehenden Sonne, die schräg durch die Fenster der Mensa schien. Ich saß allein in der Mensa und las. Meine Heizung war noch immer nicht repariert. Als Franco sich zu mir an den Tisch setzte, waren seine Augen so durchsichtig und fiebrig wie bei unserer ersten Begegnung in der Jugendherberge. Er rührte sein Essen kaum an. Ich fragte, was los sei, und er beugte sich über den Tisch und flüsterte: «Mara kommt.»

«Was ist Mara?»

«Meine Freundin.»

«Hat sie dir geschrieben?»

«Sie kommt», sagte Franco und zeigte geradeaus.

Eine zierliche, dunkle Frauengestalt öffnete die gläserne Tür zur Mensa. Sie war in einen schweren Mantel gehüllt, der auf dem Boden schleifte, und sie hatte einen Koffer in der Hand. Franco legte sein Besteck parallel auf den Teller. Er gab sich große Mühe, es lautlos und konzentriert und wirklich parallel hinzulegen, dann ging er der Frau entgegen und begrüßte sie, indem er ihr die Hand hinstreckte. Sie nahm sie nicht.

Zwei Tage später wurde ich von ihnen zum Essen eingeladen. Franco hatte gekocht und alles, Alexander schaute verlegen auf seinem mit Kerzen und Weinflaschen vollgestellten Küchentisch herum. Ich stellte mein Sixpack dazu.

«Darf ich vorstellen: das Genie!»

Ich lächelte. Mara schwieg. Den ganzen Abend redete nur Franco. Es war sehr anstrengend, und ich verabschiedete mich zeitig. Francos Benehmen Mara gegenüber machte mich fast krank. In einem fort fragte er, ob alles in Ordnung sei, schenkte Wein nach und sprang vom Stuhl auf, sobald sie einen beliebigen Gegenstand mit den Augen berührte. «Möchtest du noch Salz? Möchtest du Pfefferminzplätzchen? Möchtest du dich hinlegen?» Irgendwann sagte Alexander: «Lass doch mal gut sein», und Mara schaute Alexander an. Ich wusste nicht mal, ob sie Deutsch sprach.

Natürlich zog auch Mara bei Alexander ein. «Nur, bis sie eine eigene Wohnung haben», sagte Alexander. Aber es war klar, dass sie nie eine eigene Wohnung haben würden.

Mara hatte die üblichen Klischeekrankheiten wie aufgeschlitzte Unterarme, und ihre Zigaretten drückte sie immer auf den Fingerknöcheln aus, wenn man nicht hinguckte. Aber sonst war sie vollkommen in Ordnung. Und sie sah tatsächlich genauso aus wie auf dem Foto, genauso atemberaubend und auch genauso verschwommen, sodass es immer ein bisschen wirkte, als ob sie im Schatten stünde oder etwas weiter weg. In ihrem Beisein wurde Franco unsichtbar. Er redete doppelt so viel wie sonst, aber er konnte nicht verhindern, dass er unsichtbar wurde, eine fahrige Hirtenfigur im Hintergrund einer Marienverehrung.

«Es ist nicht Freundschaft, sondern reines Mitleid, dass ich sie ihm nicht längst ausgespannt habe», sagte Alexander einmal im Suff zu mir, und ich dachte: Alexander ist wirklich noch blöder, als er aussieht. Aber dann dachte ich, dass ich den Gedanken ja so oder so ähnlich auch schon gehabt hatte. Dazu kam, dass lange Zeit unklar blieb, was Franco und Mara eigentlich miteinander verband. Ständig liefen sie hintereinanderher, aber nie sah man eine Berührung zwischen ihnen.

Mara schrieb sich nicht an der ABK ein, arbeitete aber

mit an Francos Projekten. Ein paar Wochen lang bauten die beiden Computerzubehör aus Streichhölzern. Irgendwann kamen sie – ich weiß nicht, ob Franco oder Mara – auf die Idee, einen Zinnsoldaten zu schlucken, um dann ein Röntgenbild vom Verdauungstrakt zu machen. Sie warfen eine Münze, Mara verlor und schluckte den Soldaten. Auf dem Röntgenbild war nicht viel zu erkennen, der Soldat hatte sich im Magen quer gelegt. Beim zweiten Versuch weigerten sich die Ärzte bereits, Mara zu röntgen. Mit ihren Fingerknöcheln und der Erklärung, den Soldaten wieder nur zufällig geschluckt zu haben, stand sie kurz vor der Einweisung. Am Ende benutzten die beiden einen Spanienaufenthalt, um weitere Röntgenaufnahmen machen zu lassen, auf denen der Soldat im Profil zu erkennen war. Die spanischen Ärzte fanden es nicht außergewöhnlich, dass jemand jeden Tag einen Soldaten verschluckte.

«Das Militär auf dem Weg zum Arsch», sagte Franco, während er die Bilder mit Tesa an Alexanders Küchenfenster heftete.

«Ein wichtiger Beitrag zur Geschichte des Pazifismus», sagte ich und schaute Mara an, die die Kohorten von Spielzeugsoldaten, die durch ihren Körper marschiert waren, offenbar gut verkraftet hatte.

«Ich bin der Krieg», sagte Mara. «Ich verzehre den Soldaten.»

«Mara ist der Krieg!», wiederholte Franco emphatisch.

«Bei euch hackt's doch», sagte ich.

Als ich Franco das nächste Mal begegnete, schleppte er einen ausrangierten Leuchtkasten durch die Akademie. Mein eigenes Studium war zu diesem Zeitpunkt längst Vergangenheit. Ich hatte angefangen, als Aushilfe in einer Karosserielackiererei zu arbeiten, wo ich feststellte, dass man mit sechzehn Arbeitsstunden in der Woche einigermaßen überleben konnte. Das beruhigte mich. Trotzdem ging ich weiterhin regelmäßig an die Akademie, um mich von meiner Professorin demütigen zu lassen. Sie drohte weiterhin, mich rauszuwerfen, tat es aber nie. Es gefiel ihr im Grunde, zwischen all den anthroposophischen Idioten einen reinrassigen Idioten zu haben.

«Reg dich nicht auf. Ich muss dich übrigens was fragen», sagte Franco. Er stellte mir den Kasten auf die Füße, begann ein ziemliches Rumgerede und verlangte meinen Wohnungsschlüssel. Er brauche neutrales Gelände.

«Du verstehst schon», sagte er.

Ich verstand kein Wort. Es dauerte eine Weile, bis er Klartext redete, und auch dann verstand ich ihn noch nicht. Mara habe einen anderen.

«Was?»

«Ich habe Haare gefunden. Lange blonde Haare.» Er legte den Kopf schief und zupfte an meinen Haaren herum, die nicht besonders lang, aber blond waren. «Ich habe ihm einen Brief geschrieben. Ich werde diesen Menschen treffen und die Situation reinigen.»

«Ja und?»

«Dazu brauche ich neutrales Gelände.»

«Wenn du ein Blutbad anrichten willst, leg die Wohnung mit Plastikfolie aus», sagte ich und gab ihm die Schlüssel.

Abends traf ich Mara vor dem Casablanca. Sie hatte sich nicht geschminkt. Ich glaube, sie schminkte sich nie. Aber die Konturen ihres Gesichts waren so klar und gleichzeitig unscharf, dass sie aussah wie auf den großen Film-noir-

Plakaten, die überall an den Wänden hingen. Ich verbarg meine Aufregung hinter einer Wand aus Zigarettenrauch.

Das Kinoprogramm war nicht sehr originell, und wir entschieden uns für *Dr. Seltsam oder wie ich lernte, die Bombe zu lieben*, der in einem Dreißig-Sitze-Kino lief. Wir waren die Einzigen im Saal. Mara kannte den Film noch nicht, und sie lachte nicht ein einziges Mal, auch nicht an der Stelle mit dem Cola-Automaten oder als der russische Spion reinkommt. Aus Solidarität versuchte ich, ebenfalls weniger zu lachen. Ein paarmal schaute Mara durch die gespreizten Finger auf die Leinwand, und ich erklärte ihr, sie müsse keine Angst haben, der Weltuntergang sei nur ein Nebenmotiv. Aber, ehrlich gesagt, ich wusste nicht, was mit ihr los war. Ich hätte auch vorgeschlagen, rauszugehen, wenn da nicht die Sache mit Franco gewesen wäre. Ich hatte ihn gefragt, woher Mara ahnen sollte, dass er sich mit diesem Typen in meiner Wohnung traf, und Franco hatte geantwortet: «Du verstehst nicht viel von Frauen.»

«Woher auch?»

«Frauen haben ein Radarsystem.»

Er war mir ziemlich auf die Nerven gegangen an diesem Tag. Insbesondere ging mir auf die Nerven, dass er ab und zu einen Treffer landete. Dass ich nicht viel von Frauen verstand, der Gedanke war mir in anderer Form auch schon gekommen. Ich wusste nicht, woran es lag, aber ich geriet dauernd an die Falschen und seit einiger Zeit nicht mal mehr an die, und ich hatte mein eigenes Leiden so satt, dass mir die Aussicht, dass mein grotesker Freund nun auch ins Elend kam, eigentlich ganz gut gefiel.

Als der Film zu Ende war, starrte Mara die leere Leinwand an. Ich fragte, ob wir noch was trinken gehen würden, und Mara antwortete, das sei eine phantastische Idee. Ich hatte den Eindruck, als ob es ihr vollkommen gleichgültig sei. Ich glaube, wenn ich sie gebeten hätte, auf der Stelle eine Fahrradtour mit mir zu unternehmen, Passanten zu bespucken oder einen Swingerclub zu eröffnen, hätte sie ebenfalls gesagt, das sei eine phantastische Idee.

Sie bestellte Bier für uns beide, und ich redete über den Film, weil ich dachte, dass sie ihn wenigstens im Nachhinein lustig finden könnte, aber sie hörte nicht zu. Oder ich hatte den Eindruck, dass sie nicht zuhörte. Sie faltete Papierfiguren aus der Speisekarte, während sie aus dem Fenster schaute, und schließlich gab ich es mitten im Satz auf.

Mara drehte sich um.

«Das», sagte sie und kratzte sich am Handgelenk, «war der tiefsinnigste Film, den ich in meinem Leben gesehen habe. Und dein Aspekt – ist der tiefsinnigste. Franco hat recht.»

Sie trank einen Schluck Bier, setzte das Glas ab und hob es nach einigen Sekunden erneut. Es war nur ein sehr einfaches Armheben, aber man musste es gesehen haben. Sie zog das Glas wie auf Schienen durch die Luft, behutsam und mit schlafwandlerischer Präzision. Es gibt in alten Filmen manchmal so eine Aufnahme, wo ein klappriger Doppeldecker unendlich langsam unter einer Brücke hindurchfliegt.

Dann holte Mara ihr Portemonnaie aus der Tasche und rief den Kellner.

Als ich nach Hause kam, lag der Schlüssel auf dem Türrahmen, und ein Blutbad hatte nicht stattgefunden. Es roch nach Marihuana. Aber außer dass das Namensschild mit

Cosic überklebt war, war nichts Verdächtiges zu entdecken. Ich öffnete alle Fenster, und als der Rauch sich verflüchtigt hatte, roch es noch nach etwas anderem, nach Menschen. Im Küchenmülleimer lagen zwei verschmierte Kondome. Meine Bettwäsche war voller langer, blonder Haare.

Einige Tage hörte ich nichts von Franco, und ich rief ihn auch nicht an. Das war nicht meine Aufgabe, ihm jetzt noch hinterherzurennen. Schließlich klingelte das Telefon.

«Wenn du in der Gegend rumficken willst, erzähl mir keinen Scheiß», sagte ich wütend. Ich war nicht wirklich wütend, aber als ich Francos Stimme hörte, fiel mir wieder ein, wie er vor wenigen Tagen «Verstehst du!» und «Mein Freund!» gesagt hatte, und diese Lügerei ärgerte mich.

«Ich hab nicht gelogen», sagte Franco. «Wie ich gesagt hab. Alles war genau geplant. Aber ich konnte doch nicht damit rechnen, ich meine – ich war auf alles vorbereitet. Zufall und Fügung. Und dann das.»

«Und dann was?»

«Ich öffne die Tür, und wer steht vor der Tür?»

«Britney Spears?»

«Wer?»

«Egal. Wer steht vor der Tür?»

«Ein Adonis!», rief Franco. «Ein richtiger Adonis!»

«Das ist ja phantastisch», sagte ich. «Ich freue mich für dich.»

«Ja. Ich war sofort beruhigt.»

«Was warst du?»

«Beruhigt. Weil ich Mara verstanden habe, verstehst du? Ich habe Mara sofort *verstanden*. Mara und ich sind immer auf einer, wie sagt man, Welle?»

Franco rief von einer Telefonsäule aus an, er stand ein

paar Kilometer von mir entfernt, aber ich konnte spüren, wie er mit den Armen ruderte. Er redete von Liebe auf den ersten Blick und Leidenschaft. Sie hätten sich die Kleider vom Körper gerissen, es gebe nichts im Leben, was einen so voranbringe wie die Erfahrung der Bisexualität, das empfehle er übrigens auch mir. Ich hielt den Hörer weiter weg.

«Und was ist mit Mara?», fragte ich, und Franco redete erneut unverständliches Zeug. Ich verstand nur so viel, dass Mara nichts mehr von dem Jungen wissen wolle, aber nichts dagegen habe, dass er, Franco, sich weiter mit ihm treffe.

«Erzähl mir keinen Scheiß», sagte ich.

«Wir haben jetzt praktisch ein Dreiecksverhältnis ohne die Hypotenuse.»

«Erzähl mir keinen gottverdammten Scheiß», sagte ich und legte auf.

Glücklicherweise bekam ich den Adonis nie zu Gesicht, und ich bemühte mich auch, ihn nicht zu Gesicht zu kriegen. Es ekelte mich an. Abgesehen davon glaubte ich nicht an seine Existenz. Wenn der Adonis wirklich so hervorragend aussah, erklärte das lediglich, warum Franco unbedingt mit ihm ins Bett musste, nicht umgekehrt. Franco entsprach keinem bekannten Schönheitsideal.

Zweimal lud ich Mara noch ins Kino ein, einmal sagte sie ab, einmal war es wie beim ersten Mal. Ich schämte mich. Ich ging nicht mehr aus und unternahm auch nichts. Mittags fing ich an zu trinken und fiel um acht oder neun ins Bett. Ich lackierte Autos. Irgendwann zu dieser Zeit bekam ich eine Depression. Ich weiß nicht, ob es wirklich eine Depression war, aber wenn ich nicht arbeitete, lag ich im Bett und starrte die Wand an. Ich dachte an nichts. Wenn ich an etwas dachte, dann dachte ich daran, wie Mara in Alexanders Küche saß und Zigaretten rauchte. Ich dachte an Maras Hände und an den roten Plastikaschenbecher auf dem Küchentisch. Aber ich dachte insgesamt wirklich fast an nichts. Ich schaute vom Bett aus auf die Wand, auf der nichts geschrieben war. Wahrscheinlich war es auch keine Depression, eher eine Lähmung. Und es ging vorbei. Als ich anfing, die Stundenzahl in der Lackiererei zu erhöhen, ging es vorbei.

Ich gewöhnte mich langsam an die Stadt, an das Studium und an den Gedanken, dass ich noch viele Autos lackieren würde. Als sich in der Firma herausstellte, dass ich Kunststudent war, bekam ich ein paar Airbrush-Aufträge und sprühte bikinitragende Amazonen auf Motorhauben.

Im Sommer erreichte mich eine Postkarte von Hendrik, an die Akademie adressiert. Auf der Vorderseite war ein exotisches Elendsviertel mit Wellblechbaracken abgebildet, davor feuerspeiende Drachen. Ein Kugelschreiber-Pfeil zeigte auf eines der Barackenfenster, da stand «ICH!» dran. Auf der Rückseite vier vollkommen unbegreifliche Sätze, die wahrscheinlich ausdrücken sollten, dass Hendrik sich nun doch nicht mehr an der Akademie bewerben würde (was wir sicher erwartet hätten), dass er uns jedoch viel Glück auf dem eingeschlagenen Weg wünsche und dass er seine *Bestimmung* gefunden habe. Um die Bestimmung näher zu charakterisieren, reiche leider der Platz nicht aus. Es endete mit den Worten: *Grüß logisch Franco von mir ich fand ihn immer wahnsinnig sympathisch im Gegensatz zu dir.*

Franco fand die Karte weit weniger rätselhaft als ich. Er fragte lediglich, was Bestimmung heiße, und ich erklärte ihm, dass Hendrik einer Sekte in Hinterindien beigetreten sei und jetzt in orange Lumpen gehüllt irgendwo auf der Straße Passanten belästige.

«Mir ist auch was Tolles passiert», sagte Franco. Er und Mara hatten mit dem geröntgten Soldaten den Danner-Preis gewonnen. Dafür gab es vergleichsweise viel Geld, und sie luden mich zum Essen ein.

Ich muss vorausschicken, dass der Teil der Geschichte, der jetzt folgt, nicht mehr unbedingt als wahnsinnig spannend bezeichnet werden kann. Was unter anderem daran liegt, dass ich bei allem, was ich jetzt erzähle, die Wahrheit erzähle, erstens. Und zweitens, dass ich im Folgenden für den Leser auf vermutlich nicht nachvollziehbare Weise *innerlich unbeteiligt* wirke, da ich alle Gefühle, die ich während dieser Reise hatte, die zum Ende meiner Freundschaft mit Franco führte, nachträglich aus dem Bericht gestrichen habe.

Also. Wir feierten Franco Cosics ersten Kunstpreis mit reichlich Alkohol, und es geschah Folgendes. Franco hatte ein Auto gekauft, einen Opel Corsa für hundert Mark genau, und das Einzige, was man über dieses Auto sagen konnte, war: Es fuhr. Der Lack war rostig grün und die Beifahrertür mit dicken Lagen Paketklebeband an der Karosserie befestigt. Kurz nach Mitternacht ging Franco mit uns auf den Parkplatz und erklärte feierlich, dass wir jetzt nach Italien fahren würden. Wie Dürer nach Italien gefahren sei, Holbein und van Eyck.

«Guck!», sagte Franco. «Das Wetter! Die Nacht! Die Sterne! Phantastisch.»

«Van Eyck war nicht in Italien», sagte ich.

Franco setzte sich freudestrahlend hinters Steuer, und Mara und ich zogen ihn wieder aus dem Auto. Es folgte eine Ansprache über Willibald Pirckheimer und Venedig, dann stieg Franco wieder ins Auto, und wir zerrten ihn wieder heraus. Irgendwie schafften wir es, ihn zu überreden, vorher wenigstens auszuschlafen.

Schon am nächsten Morgen, als ich mit reichlich Restalkohol im Blut am verabredeten Treffpunkt stand, bereute ich, zugestimmt zu haben. Die Sonne kam weiß und kopfschmerzend über den Horizont. Die Straße war menschenleer, außer mir und meinem Rucksack war niemand zu sehen. Dann tauchte am Ende der Bahnhofstraße der Corsa auf. Mara saß am Steuer, und sie musste aussteigen, damit ich durch die Fahrertür auf den Beifahrersitz klettern konnte. Im Fond saßen der schrecklich aussehende, übermüdete Franco und ein pickliger, dümmlich grinsender Junge mit langem, blondem Haar. Ich schätzte ihn auf ungefähr siebzehn.

Bis München redeten wir kein Wort. Ich schlief meinen Rausch aus. Meinen Rucksack musste ich auf den Knien halten, weil der Kofferraum nicht zu öffnen war, das Schloss war kaputt.

«Das Schloss ist nicht kaputt», sagte Franco, «wir haben eine Leiche im Kofferraum.»

Dieser Witz gefiel ihm so gut, dass er ihn fünfhundertmal wiederholte. An der österreichischen Grenze kurbelte er das Fenster runter und informierte eine Gruppe von Uniformträgern über den Inhalt unseres Kofferraumes. Der Adonis kicherte aufgeregt, so etwas *Verrücktes* hatte er mit Sicherheit noch nicht erlebt. Aber die Gendarmerie nahm keine Notiz von uns. Es war nicht der Tag für Kofferraumleichen.

Mara fuhr gleichmäßig Tempo 100, mehr war aus dem

Corsa nicht rauszuholen. Der Adonis erzählte von seiner Tätigkeit als Rechtsanwaltsgehilfe, unglaublich dröges Zeug. Bis ich es nicht mehr aushielt und sagte, er solle die Klappe halten. Danach schwieg er für den Rest der Fahrt. Wenn Franco nicht gerade den Inhalt des Kofferraums beschrieb, hörten wir leises Getuschel von der Rückbank und schmatzende Geräusche. Ich drehte mich nicht um. Mara starrte konzentriert auf die Fahrbahn, so ernst und konzentriert, wie man nur starren kann. Ab und zu zeigte sie auf ein Verkehrsschild und fragte mich, was es bedeute. Bei manchen Schildern fragte sie zweimal. Ich wusste nicht, ob spanische Verkehrsschilder grundsätzlich anders aussahen, und fing an, ihr die wichtigsten Zeichen auf einen Notizblock zu malen. Keine Ahnung, ob sie überhaupt einen Führerschein hatte. Aber sie fuhr ausgezeichnet, insofern war es egal.

Als Mara sagte, dass sie zu müde zum Weiterfahren sei, waren wir schon irgendwo in den Bergen. Die Fahrt dauerte entschieden länger, als wir alle angenommen hatten. Es waren zwar nur ein paar hundert Kilometer, aber bergauf ging beim Corsa gar nichts. Die Steuerung zog auf anstrengende Weise nach rechts. Mara sagte, ihr Rücken sei verspannt, und der Adonis legte von hinten seine Hände auf ihre Schultern, um sie an der Kopfstütze vorbei zu massieren. Falls er durch einen glücklichen Zufall oder eine gute Fee jemals die Gelegenheit erhalten sollte, sein Leben noch einmal zu leben – wird er diese Geste vermutlich nicht wiederholen.

Im selben Moment, als er Maras Schultern berührte, ließ Mara das Steuer los. Ihre Hände flogen in die Luft, ihr Oberkörper fuhr zwischen den Sitzen nach hinten wie ein Beil.

«Was!», rief sie.

Der Corsa zog sofort nach rechts. Ich griff ins Lenkrad, konnte aber nicht verhindern, dass wir den Seitenstreifen abrasierten. Ein lächerliches Gebüsch prasselte über die Windschutzscheibe.

«Ist ja gut, ist ja gut», sagte der Adonis.

«Was ist gut?», sagte Mara. «Was ist gut?»

«Bitte, dreh dich um, bitte – daaaaa-aa-aa!», schrie der Adonis, während um uns herum die Autos kreischend zur Seite sprangen. Wir waren mittlerweile auf der Überholspur, ich hatte das Steuer überrissen. Mara hatte den rechten Fuß vom Gas genommen, stand aber mit dem linken noch auf der Kupplung, und wir schossen lautlos bergab.

«Mara», sagte Franco.

«Halt die Klappe!», sagte Mara.

Dann passierte lange nichts. Ich fuhr zur Unterhaltung leichte Schlangenlinien, und als wir im Tal waren, drehte Mara sich langsam wieder nach vorn.

Bis zum Brenner herrschte Schweigen, dann bogen wir in eine Ausfahrt. Ich musste auf die Toilette, der Adonis auch. Wegen der Hitze hatten wir unsere Schuhe ausgezogen und liefen barfuß, was, wie sich jetzt herausstellte, ein Fehler war. In der gelb gekachelten Toilette standen Wasser und Pisse zentimeterhoch. Mir machte das nichts, ich war schon wieder betrunken. Aber der Adonis trippelte hin und her und entschied sich erst nach einer halben Stunde, auf eine Kabine zu gehen, wo er sich aus Toilettenpapier einen Sitz bastelte. Das konnte ich noch hören.

Als ich zum Auto zurückkam, parkte Mara gerade rückwärts aus. Sie bremste, drehte sich im Auto herum und traf Franco mit den Fäusten im Gesicht. Ich klopfte an die Fahrertür, damit sie mich reinließen. Während ich einstieg, ging das Geschrei weiter.

«Scheiße», sagte Franco.

«Gib her!», sagte Mara.

«Mara», sagte Franco.

Mara legte den ersten Gang ein und trat aufs Gaspedal, als der Adonis gerade aus der Toilette kam.

«Gib her, verdammte Scheiße!»

«Ist mir doch egal», sagte Franco mit piepsiger Stimme und reichte einen Rucksack nach vorn. Mara kurbelte das Fenster runter und hievte den Rucksack über Bord, die Fahrbahn riss ihn weg. In der Heckscheibe konnte ich sehen, wie der Rucksack uns aufgeregt und begeistert hinterherrollte, und auch der Besitzer des Rucksacks rannte uns aufgeregt und begeistert hinterher. Dabei entfernten sie sich immer weiter von uns, wurden langsamer und blieben schließlich traurig nebeneinander stehen, wie Herr und Hund.

Franco hatte sich gleich zu Anfang dieser Szene im Fond abgeduckt, Kopf zwischen den Knien, jetzt fing er an zu kichern. Das Letzte, was ich von dem Adonis sah, bevor eine Autobahnkurve ihn aus meinem Leben rotierte, war eine Art Ausdruckstanz. Wie ein Storch, der sich Glasscherben in beide Füße getreten hat, hampelte er von einem Bein aufs andere und schlug sich mit den Händen abwechselnd auf die Knöchel. Ich angelte mit zurückgelehntem Oberkörper unter dem Sitz herum, fand die Sandalen des Adonis und warf sie aus dem Fenster.

Eine Stunde lang sagte keiner ein Wort. Franco trank auf der Rückbank mehrere Dosen Bier und kippte dann zur Seite und schlief ein. Ich fragte Mara, wieso sie den Adonis überhaupt mitgenommen hätten, und Mara vergewisserte sich im Rückspiegel, dass Franco wirklich schlief. Dann sah sie wieder durch die Windschutzscheibe.

«Was ist das?», fragte sie.

«Sechzig Kilometer.»

«Und in sechzig Kilometern?»

«Richtgeschwindigkeit, du darfst nicht langsamer als sechzig fahren.»

Ich trug das Verkehrsschild in den Notizblock ein.

«Weißt du, warum ich so gespannt war, als ich nach Deutschland kam?» Mara wackelte am Rückspiegel herum, betätigte vier-, fünfmal den Abblendknopf und ließ dann die Hand sinken und suchte nach den Zigaretten. «Franco hat es dir erzählt.»

«Was?»

«In der Jugendherberge, als er krank war. Er hat mich angerufen und hat erzählt, ich hab jemand getroffen, der ist wie ich.»

«Wie wer?»

«Wie ein Spiegel», sagte Mara. «Wie ein eineiiger Zwilling.»

«Wer? Ich?», sagte ich und hustete.

Mara nickte. Sie presste ihren Kopf gegen die Kopfstütze und drückte stöhnend die Brust heraus. Dann lehnte sie sich wieder weit in den Sitz zurück und steuerte das Auto mit durchgestreckten Armen.

«Ich muss dich mal was fragen», sagte Mara.

Wir fuhren durch Felswände, die aussahen wie erfunden. Unendlich langsam überholte uns ein weißer Reisebus. Ich sah Maras Profil, das eine schiefe Auge, die schimmernde Haut, dieses irgendwo im sechzehnten Jahrhundert in der

Nähe von Mailand gemalte Porträt einer Hofdame. Der weiße Reisebus im Fenster hinter Mara nahm kein Ende, und plötzlich erinnerte ich mich wieder daran, wie ich das halbe Frühjahr in meinem Bett verbracht und die Wand angestarrt hatte. Das erinnerte mich an die langen blonden Haare auf meiner Bettwäsche. Das erinnerte mich an Franco, wie er schweißüberströmt in der Jugendherberge gelegen hatte. Das erinnerte mich an Hendriks nackten Oberkörper beim Zähneputzen. Das erinnerte mich an das *Tier mit den zwei Rücken.*

«Glaubst du an Jesus?», fragte Mara.

Ich atmete ein, hielt die Luft an und sah Mara aus den Augenwinkeln an. Die ebenmäßigen Züge, der seltsame, ernste Blick. Ich wusste, dass ich den richtigen Ton nicht treffen würde, und atmete wieder aus.

«Jesus», sagte ich. Ich kurbelte das Seitenfenster einen Spalt auf.

«Du bist ein Mensch, der viel nachdenkt», sagte Mara.

«Worauf willst du hinaus?»

«Wenn du Jesus denkst, was denkst du dann?»

«Ich bin Atheist. Ich meine –»

«Kennst du das Sprichwort, Gott würfelt nicht?»

Ich hatte sie noch nie so viel auf einmal reden hören. Es war unser erstes längeres Gespräch, seit wir uns kannten, und ich hatte mit Sicherheit nicht erwartet, dass wir uns nach fünf Minuten die Kleider vom Leib reißen würden. Aber dass es jetzt um Jesus ging, verwirrte mich. Mara redete über Gott und die Welt, und ich hatte Mühe, ihr zu folgen. Was aber nicht an ihr lag. Ich hörte den Klang ihrer leisen, von weit her kommenden Stimme, ich hörte die Worte Seelenverwandtschaft und Heisenberg, und plötzlich hatte ich eine Art Déjà-vu. Oder eigentlich ein Déjà-vu in umgekehrt. Die rasende Landschaft, der verschwundene Reisebus, die komplizierten Schlieren auf der Fensterscheibe, Mara – alles kam mir auf einmal so unzerstörbar, so eisern existierend vor, dass ich den überwältigenden Eindruck hatte, nicht die Gegenwart oder eine Erinnerung, sondern einen Ausschnitt der Zukunft zu sehen. Jemand schaltete den Ton ab. Maras Gesicht war keine vier Handbreit von mir entfernt, und ich schob meine zitternden Hände unter meine Oberschenkel.

«Franco ist ein Heiliger», sagte Mara ernst.

Sie stützte sich auf mein Knie, beugte sich weit zu mir rüber und sah mir in die Augen. Das Auto fuhr langsam, kaum merklich über die rechte, durchgezogene Linie. Mara betastete das silberne Kreuz an ihrem Hals und sagte: «Das wirst du nie verstehen.»

In diesem Moment erwachte Franco, weil ich einen schlimmen Hustenanfall bekam. Sein weißer Kopf tauchte zwischen den Sitzen auf.

«Mann Mann Mann Mann Mann», sagte er. Dann knallte er wieder auf die Rückbank. Das nächste Geräusch war das Ploppen einer Bierdose.

«Mir auch eine», sagte ich und streckte die Hand nach hinten.

Vielleicht war ich blind gewesen, vielleicht war ich schwer von Begriff, aber tatsächlich erst in dieser Minute, irgendwo zwischen ein paar übertrieben wirkenden Bergen, wurde mir klar, dass in diesem Auto mehr Geisteskranke saßen, als ich ursprünglich angenommen hatte.

Wir bogen in eine Haltebucht, und Franco löste Mara am Steuer ab. Er schien jetzt ausnahmsweise schlecht gelaunt, wegen dem Adonis oder weil die Reise so lange dauerte oder warum auch immer. Mara kroch auf den Beifahrersitz und warf mir einen langen Blick zu. Ich legte mich unter eine Decke auf die Rückbank. Ich war müde. Nur mein Gesicht schaute noch heraus. Die ersten Zypressen flogen im Heckfenster vorbei. Im Halbschlaf kontrollierte ich noch, ob Franco überhaupt Auto fahren konnte, und als er im vierten Gang war, schlief ich ein.

Es war die blaue Stunde, als ich erwachte, und still. Das Auto stand vor einer einsamen Tankstelle abseits der Autobahn, von Mara und Franco war nichts zu sehen. Ich schälte mich aus der Decke. Die Luft roch nach Thymian. An der Tankstelle war niemand, also ging ich in ein Restaurant nebenan. Wir hatten lange nichts gegessen. In dem Restaurant lag der Oberkörper eines Kellners auf der Theke. Ich weckte ihn und versuchte, ihm eine Tafel Schokolade abzukaufen, musste aber feststellen, dass ich mein Geld im Auto vergessen hatte. Er schaute die Decke an und stöhnte.

Als ich zurück zum Parkplatz kam, war der Corsa verschwunden. Ich rannte zur Straße. Man konnte kilometerweit die Straßenlaternen sehen, aber kein Auto. Auch meinen Rucksack konnte ich nirgends entdecken, sie mussten mich vergessen haben. Vermutlich hatten sie einfach getankt und waren auf Toilette gegangen und weitergefahren, ohne nachzuschauen, ob ich noch unter der Decke lag und schlief. Zuerst wollte ich warten, bis sie ihren Irrtum bemerkten. Aber nach fünf Minuten dachte ich, es wäre besser, ihnen hinterherzutrampen.

Aus nördlicher Richtung kamen gelbe, elliptische Scheinwerfer und hielten vor den Zapfsäulen. Eine italienische Kleinfamilie in einem Peugeot, der Vater in weißen Tennis-

Shorts. Ich lief auf ihn zu und zeigte in die Richtung, in die meine Freunde verschwunden waren. Ich hatte noch nie besonders gut Englisch gekonnt, aber in dieser Sekunde war wirklich alles weg. Es dauerte den ganzen Tankvorgang lang, bis ich dem Mann klargemacht hatte, dass ich kein beschissener Tramper war, den man einfach ignorieren konnte. Vom Beifahrersitz sah eine hässliche Italienerin mich an, von hinten zwängte sich ein feistes Kindergesicht durch die Sitze, ein dickes Mädchen mit Prinz-Eisenherz-Frisur und einer Marienkäfer-Haarspange.

«It's just five minutes, they have five minutes – advantage. If we hurry –»

«Okay, okay», sagte der Mann.

Er öffnete die Fahrertür und redete mit seiner Frau. Die Frau sagte nichts, aber atmete stoßweise Luft durch die Nase aus, wobei sie weder ihren Mann noch mich ansah. Das dicke Mädchen stellte eine Frage, die niemand beantwortete.

Während der Mann bezahlen ging, klappte ich den Fahrersitz nach vorn und versuchte, mich auf die Rückbank zu zwängen. Die halbe Rückbank war mit Legosteinen bedeckt. Um mich setzen zu können, schob ich die Steine mit der Hand beiseite und auf den Boden. Das Kind guckte beleidigt und sprach mit seiner Mutter. Ich konnte nichts verstehen, aber dem Tonfall nach zu urteilen, sagte die Mutter: Beschwer dich bei deinem Vater. Sie sahen ängstlich zum Tankstellenhäuschen hinüber.

«They can't drive faster than eighty», sagte ich, um die Lage zu entspannen. Am liebsten wäre ich wieder ausgestiegen, wenn in diesem Moment nicht der Mann im Laufschritt zurückgekommen wäre. Er beschleunigte den Wagen und machte wippende Bewegungen mit dem Oberkörper, um zu demonstrieren, wie ernst er die Verfolgung nahm. Unter der Tachonadel rollten die Zahlen entlang, in weniger als zehn Minuten würden wir den Corsa eingeholt haben. Kurz vor einer Unterführung gerieten wir noch ins Schleudern, als wir einem Rucksack ausweichen mussten, der auf der Fahrbahn lag.

«Fasten seat belts», sagte der Fahrer.

An der Mautstelle drehte ich mich demonstrativ nach den anderen Autoschlangen um, und das Kind äffte mich nach und guckte sich die Augen aus dem Kopf, obwohl es ja nicht einmal wusste, welche Farbe das Auto hatte, das wir suchten, oder welche Marke es war. Das Ehepaar vorne redete miteinander, und als der Mann sich nach einer halben Stunde umdrehte und fragte, wie viel Vorsprung meine Freunde gehabt hätten, sagte ich: «Fifty minutes.»

Es gab keinen Grund für mich, weiterzufahren. Aber es gab auch keinen Grund, auszusteigen. Ich war nur noch müde. Ich rutschte im Sitz hinunter, bis ich mit dem Rücken auf den Polstern lag und meine Knie rechts und links am Fahrersitz vorbeistachen. Die warme italienische Luft verwirbelte mein Haar. Neben mir brabbelte das Mädchen unaufhörlich vor sich hin, während es aus Lego ein Gebilde zusammensetzte, das aussah wie ein Rasierapparat.

Ich schloss die Augen – und schrak im selben Moment wieder auf. Etwas war unter meinen Rücken gefahren, zweimal, dreimal. Die brabbelnde Kinderhand versuchte mich beiseitezuschieben wie ein Sofakissen.

«He!», sagte ich.

Das Kind ließ sich nicht beirren. Beim vierten Mal presste ich den Rücken kräftig nach unten. Das sinnlose Gebrabbel erstarb auf der Stelle, und die Hand versuchte in Panik, sich zu befreien. Als ihr das gelungen war, spürte ich auf Höhe meiner Nieren ein kleines, spitzes Stechen. Ich zog den gesuchten Legostein ans Tageslicht und hielt ihn dem Mädchen vor die Nase. Es schielte darauf, nicht sonderlich intelligent, seine kleine Hand hob sich. Ich steckte den Stein in den Mund und schluckte. Der Gesichtsausdruck des Mädchens entgleiste mit starker Verzögerung. Ein sinnloser Blick zu den Vordersitzen, dann wieder zu mir. Der Mund wurde viereckig, Wasser sammelte sich in den kleinen, fetten Augen.

Erschöpft lehnte ich mich ans Seitenfenster, der Halbschlaf speiste Bilder in mich ein. Ich sah flache, staubige Hügel und einsame Radfahrer zwischen schwarzen Zypressen. Ich sah weiße Häuser und grüne Straßenschilder und immer wieder Zypressen, endlose Reihen von Zypressen, über die Schopenhauer nicht zu Unrecht schreibt, sie seien die Kretins unter den Bäumen.

Blume von Tsingtao

Eine gute Geschichte muss einen Anfang haben, eine Mitte und ein Ende, und zwar genau in dieser Reihenfolge, hat Chabrol einmal gesagt. Der große Chabrol. Bevor ich seinem Gebot Folge leiste, möchte ich jedoch noch einen Satz voranstellen: Der Mensch ist verrottet. Das sollte eigentlich als Motto über allem obendrüber stehen. In Schönschrift und mit einem kleinen, blassen Punkt am Ende: *Der Mensch ist verrottet.*

Ich lege Wert auf die Feststellung, dass ich damit kein moralisches Urteil verbinde. Ich bin der Letzte, in den kulturpessimistischen Choral alter Säcke einzustimmen, die jedes Mal, wenn Dieter Bohlen sich zu Wort meldet oder das Tamagotchi erfunden wird, sofort ein Buch schreiben, wo drinsteht, warum jetzt die Welt untergeht. Wirklich nicht. Aber ich fürchte Sie zu langweilen. Bitte um Entschuldigung.

Mit der Episode aus meinem Leben, die ich erzählen möchte, hat das alles auch nicht das Geringste zu tun. Ich werde meine Gedanken, so Gott will, bei Gelegenheit und in Form einer Untersuchung nachreichen. Ein Traktat über den Neuen Asianismus ist bereits unterwegs, dazu einige allgemeine Überlegungen zur Psychologie des Chinesen – und auf speziellen Wunsch Herrn Schmidts auch die Beantwortung der Frage, warum Hedonismus ohne Bildung zum Scheitern verurteilt ist. Aber wie gesagt, darum geht es nicht. Wenn man täglich den Resten biologischer Kriegsführung, die von den zuständigen japanischen Stellen als Mahlzeit II bezeichnet wird, ausgesetzt ist, hat man ganz andere Probleme. Da hilft es auch nicht, wenn einem Herr Schmidt ... ja, Herr Schmidt.

Mein Freund Herr Schmidt ist eine Art Botschaftspraktikant, wenn ich das richtig verstanden habe, ein ausgezeichnet gekleideter junger Mann ohne Manieren und begeisterter Anhänger neueren deutschen Romanschaffens. Neuerer deutscher Schwachsinnsliteratur, ehrlich gesagt. Kein Zuspruch, keine Zeitungen, keine Unterhaltung – aber zentnerweise diese Bücher, die der arme Mann hier abwirft wie Sandsäcke gegen die unmoralische Flut meiner Existenz. Ich will nicht ausfällig werden. Ich habe Deutschland seit vielen Jahren nicht gesehen. Aber seinen literarischen Zeugnissen nach zu urteilen, und aus der Ferne sieht man bekanntlich schärfer, befindet man sich geistig-kulturell in einem Zustand wie Belgisch-Kongo 1914. Das ist der Grund, warum ich so brillant beginne.

Literaturliste der letzten 14 Tage: ein Buch von Thomas Bernhard, zwei von Judith Hermann. Ein Meisterwerk von Günter Grass (mit Fickzeichnungen!), zwei Bücher, deren Inhalt ich nicht begriffen habe und die, glaube ich, auch keinen hatten, von Florian Hensel und Jana Illies, zuletzt etwas entsetzlich Gottloses von Heinz Bude. Einer der Autoren soll sogar einen Preis gewonnen haben – ich habe schon wieder vergessen, welcher, habe es natürlich auch nicht nachprüfen können –, halte die Information aber für eine von Herrn Schmidts Erfindungen. Da müssten die Preisrichter am Ende doch Bonobos gewesen sein. Und dann heute, mit dem Transport eingetroffen, das Schönste, das Allergrößte zuletzt: ein Wälzer mit abgerissenem Deckel, auch das Vorsatzblatt abgerissen (als ob jemand Filter gebraucht hätte), sodass ich nicht erkennen kann, wer es geschrieben hat oder wie es heißt. Herr Schmidt sagte, es sei *der* Renner in Deutschland, und er muss es ja wissen. Es handelt von einem Hermaphroditen, einem 5-alpha-Reduktase-Pseudohermaphroditen, und Sie können mich auf der Stelle mit einem stumpfen Gegenstand erschlagen, wenn Sie der Meinung sind, etwas Dümmeres sei jemals auf Deutsch geschrieben worden. Da Sie das Buch vermutlich nicht kennen, eine kurze Szene daraus: Die Türken vertreiben die Griechen aus Smyrna, alles brennt, Hunderttausende sterben. Ein Typ und sein Flittchen stehen auf einem Hügel, und der Typ sagt: «Desdemona! Die Türken kommen, wir müssen auswandern!» Das Flittchen antwortet: «O Gott, Lefty! Wo sollen wir denn hin?» Lefty: «Wir fahren zu Tante Lina nach Amerika.» Flittchen: «Dann nehme ich die Seidenraupen mit.» Und so weiter und so fort, zweitausend Seiten lang. Seidenraupen, mein Arsch.

Ich will nicht lamentieren. Für eine Eingabe ans Außenministerium reicht es nicht, und es geht hier auch nicht um Querulantentum oder um Moral, wie ich eingangs schon sagte. Aber können Sie sich vorstellen, wie es sich anfühlt, wenn man monatelang keinen Input hat außer diesem hirnzerstörenden Müll? Ironie der Geschichte: Mir macht es fast gar nichts aus. Ich bin ein extremer Masochist.

Wo dieser Eckpfeiler einmal in den Boden der Prosa gerammt ist, kann ich im Grunde auch ordentlich beginnen. Lassen wir den Quatsch mit dem Asianismus mal weg.

Ich will Ihnen eine kurze Geschichte erzählen. Wenn Sie irgendwas nicht verstehen oder Fragen haben, können Sie mir gerne schreiben. Aber falls es so Fragen sind wie – ob ich in meiner Kindheit zu viele Tabellen gezeichnet habe oder warum ich nicht über Beziehungsgerede schreibe, sparen Sie sich Briefmarke und Antwortkuvert besser. Ich habe keine weiteren Ambitionen, als Sie hinreißend zu unterhalten, und ich verspreche Ihnen, dass das nicht besonders schwierig sein kann. Meine Vorteile sind: Ich bin erstens nicht verrückt. Und zweitens gehört Nächstenliebe zu meinem Beruf. Ich bin Pfleger.

Oder ich war Pfleger. Im Grunde bin ich Künstler. Aber im Brotberuf an der neurologischen Abteilung der Charité. Ich war damals sechsundzwanzig Jahre alt. Es war nicht der Job meines Lebens, aber er half mir in einer schwierigen Phase ... na ja, und so weiter und so weiter. Das übliche Gerede.

Ich hatte also Nachtdienst. Einer meiner Patienten hieß Herr Shiitake. Herr Shiitake gab mir Geld dafür, dass ich mehrmals in der Woche mit einem Endoskop seine Köperöffnungen untersuchte, um dort Nanoorganismen zu entfernen, von denen er seiner Ansicht nach befallen war. Besonders, wenn er Besuch aus einem nahegelegenen Altenheim hatte, Frauen mit blauen Haaren, war es ihm wichtig. Ich musste dann mit wehendem Kittel hereinspazieren und die empörten Parasiten in kleine Reagenzgläser sammeln. Meistens durfte ich an seinen Besucherinnen, die sich vor der Ansteckungsgefahr fürchteten, ebenfalls eine Prophylaxe vornehmen. In den riesigen Mündern, Ohren und Nasen alter Leute herumzustochern ist keine wahnsinnig angenehme Erfahrung, aber dafür bekam ich zwischen zwanzig und fünfzig Mark die Woche von Herrn Shiitake.

Warum er Shiitake hieß, habe ich nie herausgefunden. Er war kein Asiate oder so, er hatte nur sehr schlitzförmige Augen. Er war in seiner Jugend lange Zeit zur See gefahren, und ich nahm an, dass er sich dabei den Namen zugezogen hatte. Mit seiner Bettlägerigkeit war es nicht weit her. Er hatte ein leichtes Nervenleiden und weigerte sich, aufzustehen, das war alles. (Die Ärzte sahen das natürlich anders.)

Mit den Jahren besuchten Herrn Shiitake immer weniger Leute. Wahrscheinlich starben sie in ihren Anstalten, ohne dass er es mitkriegte. Eines Tages kamen gar keine Besucher mehr, und wenig später verschied Herr Shiitake still und friedlich an einer Überdosis Schlaftabletten, wie die meisten Patienten auf unserer Station. Wer wollte es ihnen übelnehmen.

Sein richtiger Name, das stellte sich jetzt heraus, war Nils Johann Nansen, aber wir fanden keine Angehörigen, denen wir seine Sachen schicken konnten. Er hatte die letzten Jahre auf der Station verbracht, und sein weltlicher Besitz passte in einen Reisekoffer. Mit diesem Koffer war er rüstig und gesund bei uns eingezogen, hatte den Koffer unter sein Bett geschoben, und dort war er verstaubt. Während einer Nachtschicht untersuchte ich seinen Inhalt und fand neben allerlei uninteressantem Zeug eine mit schwarzem Japanlack überzogene Schachtel. Auf der Oberseite war ein feuerspeiender Drache in Intarsien abgebildet, allerdings ein sehr seltsamer Drache, denn das Feuer kam ihm hinten aus dem Kopf, eine Fehlprägung sozusagen. Ich hatte die Schachtel vorher nie bemerkt. Sie sah aus wie etwas, das man beim Teeversand als Kundengeschenk erhält.

Innen war sie mit rotem Filz ausgeschlagen und enthielt nichts weiter als ein kleines Amulett an einem Halsband. Das Amulett bestand aus zwei tropfenförmigen Lederstücken, die miteinander vernäht waren, allerdings nicht überall gleich sorgfältig. Nahe der Öffnung für das Halsband war ein anderer, gröberer Faden verwendet worden. Ich durchtrennte den Faden. Im Innern des Amuletts lag ein verschrumpelter, weißlicher Ring, wie ein zertrockneter Tortellini oder eine Vorhaut. Ich betrachtete lange diesen Tortellini, legte ihn zurück ins Amulett und nähte es gerade mit chirurgischem Werkzeug wieder zu, als es auf der Station klingelte.

In Zimmer 17 lag eine alte Frau, die nachts nicht mehr unterscheiden konnte, ob sie Schmerzen hatte oder träumte. Sie war schwer zu sedieren und hatte deshalb ein Einzelzimmer. Als ich die Tür öffnete, hatte sie den Lichtschalter bereits gefunden und rief, ich solle ihrer Nichte Bescheid sagen, sie müsse sich von dem Schwarzen trennen. Ich versprach, sofort hinzufahren.

«Und jetzt schauen Sie mal hier, Frau Hansen, wo ist denn Ihr Kopfkissen?»

«Sie wohnt in Bleyen-Bleyen», sagte Frau Hansen.

Das sei mir völlig klar, antwortete ich, nichts anderes als absolut und völlig sonnenklar. Ich schlug ihre Arme zur Seite und flößte ihr auf Anordnung Sauerbruchs zwei 10er-Valium ein.

«Wenn's wieder in der Toilette ist, können Sie heute Nacht auf der Bettpfanne schlafen.»

«Oh, das wäre doch nicht nötig gewesen, Dr. Hendrik!» Sie krallte sich an meinem Kittel fest, wünschte, ich würde aus meinem Leben noch etwas machen, und gab mir Instruktionen, eine Mauer um Europa herum zu errichten. Schließlich sackte sie weg.

Als ich zurückkam, lag der Tortellini zwanzig Zentimeter neben dem Amulett auf dem Tisch. Ich betrachtete ihn ratlos, trennte schließlich erneut den Faden auf und stopfte den Ring zurück. Ich wollte gerade alles wieder einpacken, da fiel mir auf, dass die Japanlackdose innen nicht genauso groß erschien wie außen. Ich hielt sie schräg in Augenhöhe. Mit einem Skalpell hebelte ich einen doppelten Boden heraus, darunter lag in Tausendmarkscheinen Geld. Viel Geld. Auf jedem einzelnen Schein standen in der oberen linken Ecke mit violetter Tinte die Buchstaben NJN.

Es war eine ruhige Nacht. Wenn Zimmer 17 sediert war, war es fast immer eine ruhige Nacht. Die Gardine bauschte sich im offenen Fenster wie in leichter Meeresbrise. Ich saß auf dem grünen Polsterstuhl für die Ärzte, trank ein Glas Leitungswasser und dirigierte mit der freien Hand das Rundfunksymphonieorchester Brandenburg.

Am nächsten Morgen brachte ich alles zur Bank. Es waren knapp dreihunderttausend Mark, und ich erregte keine allzu große Aufmerksamkeit. Es wurde gerade auf Euro umgestellt, und die Leute kamen mit den absurdesten Beträgen.

«Und das alles in Ihren Jackentaschen!», sagte der Bankangestellte.

«Mein Amulett schützt mich», erwiderte ich.

Er blickte fragend auf meinen Hals.

«Das ist Herr Shiitake aus Japan-Japan», erklärte ich und klopfte mit dem Knöchel auf das Leder.

Mit einem Kinderspielzeug, das wie ein Taschenrechner aussah, rechnete der Bankangestellte meine zukünftigen

Zinsen aus. Ich sagte danke und verließ die Bank für immer. In einem Reisebüro kaufte ich ein Flugticket. Meinen Job versuchte ich vom Handy aus zu kündigen, was irgendwie nicht möglich war. Wo ich auch anrief, es war von ausstehenden Bezügen, persönlicher Anwesenheit und Unterschriften die Rede.

«Sie müssen es nicht kapieren», sagte ich mit der Unerschütterlichkeit eines Nachrichtensprechers, der in eine tote Kamera redet, «es wird schon jemand merken, dass ein Pfleger fehlt. Ich wünsche Ihnen alles Gute und die Krätze. Ich bin auf Weltreise.»

Die Zinsen waren nicht sehr hoch, aber ich glaubte, davon leben zu können. Ich benutzte nur die billigsten Verkehrsmittel und Hotels. Allein nach Südamerika flog ich zunächst mit dem Flugzeug. Als die Wolkenmassen sich auflösten und der Atlantik dunkel ins Bild driftete, löste meine Anspannung sich. Ich lehnte mich in den Sitz zurück, schloss die Augen und versuchte mir meine Zukunft auszumalen. Ein Gefühl vollkommener Leere war alles, was ich hinkriegte.

Ich schweife ab: Es besitzt eine gewisse innere Logik, eine Weltreise von Europa aus nach Osten zu beginnen und erst einmal die lockende asiatische Landmasse unter sich zu bringen, anstatt sich Luft oder Wasser anzuvertrauen. Selbstverständlich sind auf dem Globus keine geheimen Pfeile in dieser Richtung angebracht. Es sind keine rationalen Gründe, die eine Erdumrundung in westlicher Richtung ebenso unnatürlich erscheinen lassen wie in südlicher oder nördlicher. Aber das Gesicht des Menschen zeigt nach Osten, der Sonne entgegen. Das Volk unserer Vorfahren vom Stamme Homo erectus ist unbewusst denselben Weg gegangen, von

Afrika über Europa nach Asien und Alaska. Dass ich die Erde zuerst über ihren Hinterkopf bereiste, also *falsch herum*, geschah ohne jede Absicht oder symbolische Bedeutung. Ich sage das nur für den Fall, dass dieser kleine Bericht einmal an bundesdeutschen Schulen im Unterricht gelesen wird: Symbole und Motive sind mir immer zuwider gewesen. Als denkender Mensch möchte man nicht belästigt werden vom Jahrmarktsvergnügen des künstlerischen Mehrwerts. Ende der Abschweifung.

Mein ganzer Besitz war in meinem Rucksack. Meinen Berliner Hausstand hatte ich verschenkt oder weggeworfen. Ich hatte mit niemandem darüber gesprochen, aber es war nicht meine Absicht, zurückzukehren.

Den südamerikanischen Kontinent durchquerte ich der Breite nach. Mit Kompass und Karte überstieg ich die Anden und stürzte mich fast zu Tode dabei. Ich geriet in ein Schneetreiben und erlitt Erfrierungen, einmal entging ich nur knapp einem Raubüberfall affengesichtiger Plantagenarbeiter. Aber ich will Sie nicht mit Einzelheiten langweilen.

Nur eine ungeheuer komische Episode vielleicht. An der Westküste, in Callao, kam ich als Hilfskraft auf ein Expeditionsschiff, auf dem ein malariaverseuchtes ITV-Team eine Dokumentation über Polynesien drehte: *Easter Island and Marquesas – Invasion from Outer Space?* (Der Film läuft noch heute gelegentlich in Dritten Programmen. Sie können meinen Namen dort im Abspann lesen, es ist der vierte unter Grip.) Außer dass ich auf diesem Schiff die humorlosesten Engländer meines Lebens traf, infizierte ich mich mit diversen Krankheiten.

Monatelang lag ich in Malaysia mit Fieber fest. Im Fieberwahn spürte ich zum ersten Mal so etwas wie Heimweh, aber wenn ich mich fragte, wonach, fiel es mir nicht ein. In Internetcafés schrieb ich an Freunde. Zuerst ausführliche Reiseberichte, weil mir das vor meiner Abfahrt aufregend erschienen war: lange Berichte an die Daheimgebliebenen zu schicken. Aber es wusste kaum einer etwas darauf zu antworten. Eine Freundin schrieb mir eines Tages, sie bewundere unendlich meinen Mut, mein Leben umzukrempeln, alles hinter mir zu lassen und *meinen Traum zu leben.* Da hörte ich auf zu schreiben. Ich hatte niemandem mehr etwas zu sagen, und meine Freunde sagten mir auch nichts mehr.

In Guangzhou sah ich zum ersten Mal den Drachen. In einem winzigen Laden auf dem Markt, nicht größer als ein Doppelbett, verkaufte ein Mann Bilderrahmen, Tuschezeichnungen, Stempel, Korklandschaften. Die Sachen waren nichts Besonderes, hatten die üblichen Motive, und plötzlich entdeckte ich einen Drachen, der das Feuer auf der falschen Seite hatte. Ich fragte den Verkäufer, was es damit auf sich habe, aber er verstand kein Englisch. Ich zeigte auf die anderen Drachen, die richtig herum Feuer spien, dann auf den Drachen, der das Feuer am Hinterkopf hatte. Der Verkäufer nickte und kramte noch mehr Tuschebilder hervor.

«Feuer», sagte ich und zündete ein Streichholz an. Ich hielt mir das Streichholz vor den Mund und nickte, ich hielt mir das Streichholz hinter den Kopf und sagte: «Mh-mh.» Der Verkäufer lachte begeistert.

Am nächsten Tag kam ich mit einer Dolmetscherin zurück, einer jungen Chinesin, die ich in meiner Pension kennengelernt hatte und die mich nach einem Tag heiraten wollte. Aber ich konnte den Drachen nirgends entdecken. Der Verkäufer immerhin erkannte mich sofort wieder. Er schien auch nicht vergessen zu haben, dass feuerspeiende Drachen meine Leidenschaft waren, und durchwühlte seinen Laden mit der Beflissenheit eines Fünfjährigen, der unter Schuldgefühlen leidet. Er förderte Hunderte von Drachenbildern zutage, hielt sie zur Ansicht in Schulterhöhe und strich liebevoll über die Rahmen. Der Drache mit dem Feuer auf der falschen Seite blieb verschwunden.

«Er sagt, der Drache ist ein altes chinesisches Symbol.»

«Danach habe ich nicht gefragt.»

«Er sagt, der Drache spuckt Feuer aus dem Mund.»

«Ja, ja. Gestern hatte er eine Zeichnung, da hatte der Drache das Feuer hier.»

«Er sagt, du hättest vermutlich nicht alle Tassen im Schrank.»

«Was?», sagte ich und sah vom Verkäufer zur Studentin. Dann wieder zum Verkäufer. Der Mann lächelte, wie man nur lächeln kann. «*Was* sagt er?»

«Er sagt, du hast vermutlich nicht alle Tassen im Schrank. Du bist verrückt, behämmert, dein Kopf ist aufgeweicht wie eine faulige Birne im Sommer. Das ist seine feste Überzeugung. Er verspricht, für die Frau zu beten, die einmal dein Frühstück bereiten muss.»

«Frag ihn, ob er seit gestern was verkauft hat», sagte ich.

«Er sagt nein.»

Einige Wochen später erreichte ich eine kleine Hafenstadt im Nordosten Chinas. Ich war die Küste hochgewandert und saß in einem Restaurant (das auf Mandarin, wenn ich meinem Wörterbuch trauen konnte, Pilzvergiftung hieß) zwischen einheimischen Fischern, die sich nicht sattsehen konnten an mir, und aß eine Art Nudelsuppe. Vor den Fenstern lag bleiern das Gelbe oder das Ostchinesische Meer, ich weiß es nicht mehr genau. Ich reiste so viel und blieb nie länger als zwei Tage am selben Ort, dass alle Häuser mit ihren krempigen Dächern, alle Chinesen, alle Chausseen mit ihrem unendlichen Schmutz sich zu einer einzigen Erinnerung zusammenknäulten.

Der Monsunregen trieb dampfend die Küstenstraße hoch. Im Vorgarten des Restaurants thronten zwei Säulen mit geschnitzten Drachen. Ich hatte sie im Gegenlicht zunächst für stilisierte Fahnen gehalten, denn die Gesichter der Drachen waren einander zugewandt, aber die Feuerschweife wehten hölzern nach Süden. Ein richtiger und ein falscher Drache. Ich machte die Fischer darauf aufmerksam, sie schienen das Phänomen nie zuvor bemerkt zu haben. Sie drückten ihre Nasen an der Fensterscheibe platt, und einer, der Englisch konnte, übersetzte mir ihre Theorien, was es damit auf sich habe. Letztlich liefen sie alle darauf hinaus, dass der Wind die Feuer in die gleiche Richtung wehe, da Holzschnitzer meist aus dem Landesinnern kämen und vom Meereswind folglich stark beeindruckt seien. Die Fischer gaben mir ausführliche Beschreibungen der Stürme, in die sie mit ihren kleinen Booten geraten waren, und weinten vor Rührung über ihr einstiges Missgeschick.

«Es weht nicht außenrum», sagte ich. «Es kommt aus dem Hinterkopf.»

Der Dorfälteste mit schlohweißem Haar setzte sich an meinen Tisch und forderte mich auf, ein Spiel mit ihm zu spielen. Wenn ich gewänne, würde er mir eine Geschichte erzählen. Wenn ich verlöre, müsse ich ihn auf einen Reisschnaps einladen. Der Übersetzer übersetzte. Ein junger Mann stellte ein Schachbrett auf den Tisch und drehte es mit den schwarzen Figuren zu mir.

«Einverstanden?», fragte der Übersetzer.

«Einverstanden», sagte ich.

Ich habe meine Jugend nicht gerade im Schachverein verbracht, aber ich besitze ein außergewöhnliches logisches Denkvermögen und bin nicht leicht aus der Ruhe zu bringen. Ich wollte gerade die Aufstellung von Dame und König korrigieren, da fegte der Alte mit einer Bewegung alle Figuren vom Brett. Dann stellte er sie zögerlich zurück. Zuerst die beiden Könige, eine Dame, ein paar Leichtfiguren. Aha, ein Schachproblem. Als er fertig war, machte er mit zittriger Hand eine Geste in meine Richtung. Ich war dran.

Ich schaute eine Sekunde lang auf das Brett. Mein Gegner hatte eine Dame, zwei Türme und einen Läufer mehr als ich. In der linken unteren Ecke war ein weißes Feld.

«Was soll das sein?», fragte ich.

«Du bist dran», sagte der Übersetzer.

«Das ist absurd», sagte ich.

«Das kann ich nicht beurteilen», sagte der Übersetzer.

Ich machte probeweise einen Zug. Der Alte nahm mir einen Bauern weg. Ich machte noch einen Zug. Der Alte schüttelte den Kopf und sah mich enttäuscht an. «Matt», sagte der Übersetzer. Jemand brachte ein Tablett Reisschnaps auf meine Kosten, das ganze Dorf jubelte dem alten Mann zu.

«Nochmal?», fragte er.

Etwas Seltsames in der Atmosphäre, eher ein Geruch oder ein Klang als etwas Sichtbares, ließ mich annehmen, dass es nicht ratsam wäre, das Angebot auszuschlagen. Der

Weißhaarige stellte ein neues Schachproblem auf, es sah dem alten relativ ähnlich. Ich bestellte gleich eine Lage Reisschnaps und dann noch eine, wir spielten und spielten. Unter dem Tisch hatten sich die Kinder des Dorfes versammelt und versuchten, mir die Schuhe auszuziehen, während über ihren Köpfen ein einsamer Bauer gegen eine weiße Figurenarmada anrannte wie ein palästinensischer Steineschleuderer gegen einen Flugzeugträger. Wir spielten, bis das ganze Dorf besoffen war. Im Minutenabstand krachten jetzt schnapsbefeuerte Chinesenhände zwischen meine Schulterblätter, um mich anzuheizen oder vielleicht auch als Vorgeschmack kommender Rituale, auf die ich gern verzichten konnte. Nach der achten oder neunten Lage Schnaps kippte mein Kontrahent vornüber und schlief ein. Der Übersetzer versuchte vergeblich, ihn wiederzubeleben.

Ich schob zwei Gläser mit dem Handrücken beiseite. Hinter uns wurde getanzt oder geprügelt, es war vom Geräusch her nicht zu unterscheiden. Als ich mich umdrehte, war es auch vom Anblick nicht zu unterscheiden. Der Wirt stand mit einem Baseballschläger hinter der Theke, aus einem Kassettenrecorder leierte Chris de Burgh. Niemand kümmerte sich mehr um mich. Ich rieb die kalten Fußsohlen gegeneinander und schaute aus dem Fenster in den strömenden Regen, auf die von Papierlampen erhellte Küstenstraße und die beiden rätselhaften Drachen.*

---

* Die Worte «Reisschnaps» und «Papierlampen» habe ich übrigens nur so dahingeschrieben, ohne zu wissen, ob es wirklich Reisschnaps war oder was man unter Papierlampen sich genau vorzustellen hat. Aber die Wörter sind so fundamental mit meiner – und wahrscheinlich jedermanns – Vorstellung von China verknüpft, dass es Wahnsinn wäre, sie hier nicht an den Mann zu bringen.

Die dritte und entscheidende Begegnung mit dem Drachen hatte ich in der Provinzmetropole Tsingtao. Es begann mit einer Selbstauslöschung. Tsingtao lag eigentlich nicht auf meiner Route, ich hatte dort nichts verloren. Aber als Kind war mein Lieblingslied jahrelang und immer die *Blume von Tsingtao* gewesen –

> *Und am Gestade, am Meere vor Tsingtao*
> *Rauschen die Wellen Gesänge der Zeit.*
> *Abschied heißt* zaijian, *Blume von Tsingtao,*
> *Schiffe aus Eisen liegen bereit* usw.

Das mag als Grund für einen Umweg von einigen hundert Kilometern lächerlich erscheinen, vielleicht machen Sie sich sogar bereits Sorgen um meinen Gesundheitszustand. Aber glauben Sie mir: Wenn Sie mir erklären, warum Sie Ihren gewerkschaftlich ausgehandelten 14-Tage-Urlaub auf Sardinien verbringen, schüttle ich auch nur den Kopf. Ich lief also durch Tsingtao, die kleine Melodie vor mich hin summend, an allem Elend und allen Sehenswürdigkeiten zielstrebig vorbei, und ich schwöre – die Enttäuschung, dass Vorstellung und Realität nicht zusammenpassten, erschütterte mich weniger als ein aufgegangener Schnürsenkel.

Es wurde Abend in Tsingtao. Es wurde Nacht. Ich aß etwas Dönerähnliches aus der Hand. Da sah ich beim Abbeißen, dass eine tote Wespe zwischen Fleisch und Salat hing, direkt unter der Stelle, wo ich abgebissen hatte. Ich schnipste mit dem Finger dagegen, und die Wespe und ein paar Fleisch- und Tomatenstückchen flogen auf die Straße. Der lächerlich naheliegende Gedanke, dass ich vielleicht gestorben wäre, wenn ich die Wespe mitgegessen hätte, fing an, mich zu beschäftigen. Mein Vater hatte mir einmal demonstriert, dass Wespen auch im toten Zustand gefährlich sein konnten. An einem Küchentisch sitzend, hatte er mit einer Pinzette auf den Hinterleib einer toten Wespe gedrückt. Ich erinnerte mich an den Glanz der gelben Morgensonne auf dem Küchentisch, an die silberne Armbanduhr am Handgelenk meines Vaters und an den Stachel, der deutlich sichtbar erschienen war. Ich hätte sterben können, sagte ich mir, aber ich war nicht sicher, ob das wirklich stimmte. Oder ob das Ganze bloß ein Kunststück mit der Pinzette gewesen war, das sich in der Speiseröhre nicht wiederholen konnte. Ob mein Vater mich vielleicht hinters Licht geführt hatte, wie er das öfters tat. Wie lange war das her?

Die meisten Dinge, die ich als Kind ganz genau gewusst hatte, hatte ich später wieder vergessen, oder sie waren im grellen Licht der Aufklärung zu schattenhaften Ahnungen verblasst. Eine leider oft übersehene Folge der Aufklärung: dass sie in einer unvermeidlichen Gedankenbewegung nicht nur Truggebilde und Halbwahrheiten angreift, sondern auch die Tatsachen der Welt in Mitleidenschaft zieht. Jedenfalls ist es kein Wunder, dass ein Mensch, der imstande ist, alles zu bezweifeln, auch die Gefährlichkeit einer toten Wespe bezweifeln kann.

Und als Nächstes lief ein Nagetier durchs Bild. Eine Maus! Während ich noch auf dem Bürgersteig kniete wie Rodins Denker, lief die Maus vor meinen Schuhspitzen entlang. Sie schnupperte kurz an den Fleisch- und Tomatenstückchen, die überraschend ihren Weg versperrten, und floh entsetzt, von meinem Lidschlag verscheucht. Ein paar Meter weiter verharrte sie unter einem Gebüsch, fieberhaft atmend. Ich überlegte, ob man sie wohl mit Milch anlocken konnte oder womit man Mäuse am besten anlockte. Mir fiel aber nur noch ein, dass Katzen Milch tranken. Igel vielleicht auch. Was Mäuse tranken, wusste ich nicht mehr. Wasser? Limonade? Als Kind hatte ich das gewusst, und ich hätte neben den Ernährungsgewohnheiten der Mäuse auch ihr Paarungsverhalten, die Frage, ob sie Winterschlaf hielten oder nicht, ihre Tragzeit, ihre Haarschnitte und ihre Wohnungen beschreiben können. Als Kind wusste ich alles. Ich wusste sämtliche Automarken, das Morsealphabet und die Schifffahrtszeichen, ich wusste, welcher Vogel am schnellsten flog, und die zwanzig längsten Flüsse der Erde in Kilometern. Dieses Wissen beinhaltete eine so verlässliche Aussage über die Welt und war so untrennbar mit ihr verknüpft, dass ich ohne es seinerzeit nicht ich und die Welt nicht die Welt gewesen wäre. Und jetzt war alles verschwunden. In einer Gedankenschleife, die schneller zusammenbrach als ein Computerprogramm, fürchtete ich, auch zu verschwinden. Während ich noch auf die Stelle starrte, an der das Tier zur Seite gesprungen war, löste das Universum sich auf. Löste sich auf, weil ich es vergessen hatte, weil mich schwindelte, weil ich vornüberfiel. Mitten in Tsingtao, auf der Zhongshan Road, an diesem Abend, wo ich der Maus begegnete (und die Maus mir, sie wird sich vermutlich nicht daran erinnern), überfiel mich ein grauenhaft unklares Verlangen nach Veränderung, eine Sehnsucht nach etwas, an das ich nicht mehr glaubte, ein Hitzestrahl, ein Elend, ein Malariaschub.

Ich erwachte, als die Sonne aufging, unter einem Busch. Passanten beachteten mich nicht. Meine Gelenke schmerzten, ich kochte vor Fieber, und als ich mich aufgerichtet hatte, merkte ich, dass ich dringend auf die Toilette musste.

(Falls Sie schon einmal Romane gelesen haben, werden Sie wissen, dass dieses Problem dort gern ignoriert wird.) Ich lief die Straßen entlang, alle Restaurants hatten noch geschlossen, im frühen Morgenlicht. Ich war kurz davor, mir mitten auf der Straße die Hosen herunterzureißen, als ich unweit einer U-Bahn-Station ein Schild mit Dreieck- und Kreissymbol sah: Männer, Frauen. Ich taumelte die Treppen hinunter, einen langen schmalen Gang, mindestens drei oder vier Stockwerke unter die Erde, immer weiter, blassblaue Kacheln, weltumspannender Uringeruch. Endlich ein winziger Raum mit drei Kabinen, die Decke nur eins achtzig, ich musste mich ducken. Geschäftsleute, die in teuren Anzügen aussahen wie Models, standen regungslos da. Ich drängelte mich vor. Keiner hinderte mich, keiner bewegte sich. Eine Kabine war frei, ich schloss von innen die Tür und riss mir die Hosen herunter. Die Tür sprang wieder auf. Ich schloss sie erneut. Der Mechanismus war defekt. Es gab nur einen verstümmelten Drehknopf, und an dem Knopf die Tür gleichzeitig zuzuziehen und zu verriegeln war etwas, das über meine schwachen Kräfte ging. Endlich bemerkte jemand das Dilemma und drückte von außen gegen die Tür. Ich schob den Riegel vor und sah mich um.

Rechts in die Kabinenwand war ein Loch gebohrt, groß genug, um auf der anderen Seite die Bewegung einer Pupille wahrnehmen zu können. Großer Gott, dachte ich und deckte das Loch mit der Hand ab. Ich sah nach links. Dort waren gleich mehrere Löcher in unterschiedlicher Höhe. Ich hielt das mittlere zu. Wäre keine Kabine um mich herum gewesen, ich hätte ausgesehen, als geböte ich mit meinen Händen einer riesigen Menschenmenge Schweigen oder als würde ich das Rote Meer teilen. Ich schwitzte am ganzen

Körper, mir war kalt. Mein Kopf fühlte sich an, als würde er ständig seine Form verändern. Auf der Türinnenseite bemerkte ich eine Zeichnung, eine Schlangenlinie mit einem kleinen, wehenden Strich am oberen Bogen. Man konnte alles Mögliche darin erkennen. Ich erkannte einen Drachen mit dem Feuer auf der falschen Seite.

Während ich noch über meine Lage nachdachte, fuhr ein stechender Schmerz durch meine rechte Hand. Ich schrie auf, und eine dünne Schraubenzieherspitze sank zurück in die Kabinenwand. Ich brüllte etwas auf Deutsch und erschrak über den Klang meiner Stimme. Füßescharren antwortete. Ich verfiel auf die tolle Idee, Klopapier in die Gucklöcher zu stopfen, aber während ich das zweite Loch abdichtete, verschwand bereits das Papier aus dem ersten. Jemand zupfte es zur anderen Seite heraus. Also steckte ich, ohne es abzureißen, den Anfang einer langen Papierschlange in jedes Loch, sodass sich mein Gegenspieler wie an einer Kleenex-Verpackung abarbeitete, aber es war sinnlos. Rechts schob der glückliche Besitzer eines Schraubenziehers den Pfropfen in meine Richtung zurück, während links mein ganzes Klopapier verschwand. Ich sank vornüber, den Kopf zwischen den Knien, und weinte. Ich hatte Durchfall, es roch nach Blut und Eisen, und die rätselhafte Vorahnung eines großen Glückes stieg in meiner Seele auf ... jedenfalls meine ich, dass es so gewesen wäre. Ich kann mich aber auch täuschen. Um ehrlich zu sein, meine Erinnerung an diesen Tag ist nicht allzu präzise.

Als ich die Kabine verließ, sahen die Männer mich an, als wäre ich geistesgestört. Ich wusch mir nicht einmal die Hände, obwohl es nötig gewesen wäre. Ich vertraute darauf, in wenigen Minuten in meinem Hotel zu sein. Eilig stolperte ich die Treppenstufen hoch. Niemand folgte mir, niemand kam mir entgegen. Am Ende der Straße war ein Taxistand. Während ich darauf zurannte, sah ich aus den Augenwinkeln mein Lebensglück. Klingt pathetisch – aber mit einer Gewissheit, die es sonst nur in Träumen gibt, sah ich mein Lebensglück, verschwommen und unklar und hinter den weißen Schriftzeichen eines kleinen Schaufensters, das schönste Gesicht der Welt, so schön, dass schön nicht das richtige Wort dafür war. Es dauerte einige Schritte, bis mein Körper stehenblieb. Schweiß lief mir in die Augen. Ich schaute nochmal zum Taxistand, dann wieder in das Schaufenster. Die Erscheinung war verschwunden.

Ich steckte die zitternden Hände in die Hosentaschen und betrat den Laden, der zu dem Schaufenster gehörte. Es roch nach Fett und Terpentin. Die Stimme einer jungen Frau begrüßte mich, ich hatte mich nicht getäuscht. Mit ausdruckslosem Gesicht ging ich im Laden auf und ab. Von der Decke hingen merkwürdige Gebilde aus Seidenpapier. Aus einem Topf, der auf dem Boden stand, ragten drei Füße eines Tieres. In einem Regal waren Japanlackdosen gestapelt. Auf ihren Deckeln glänzten Intarsienarbeiten, und ich war genauso wenig überrascht wie der Leser an dieser Stelle, auf einer der Schachteln einen Drachen zu finden, der falsch herum Feuer spie.

Diesmal fragte ich gar nicht erst, sondern legte gleich die Schachtel auf den Ladentisch. Die junge Frau schob sie beiseite und nahm eine andere Schachtel aus dem Regal, identisch bis auf das Feuer. Die sei besser verarbeitet, sagte sie und schlug zum Beweis die Hälften mit einem passgenauen Geräusch zusammen. Ich schüttelte den Kopf. Da sei ein Kratzer, sagte sie, und das Futter wäre mangelhaft.

Dann könne sie ja mit dem Preis runtergehen, schlug ich vor. Sie sah mich an, wie die Männer auf dem Klo mich angesehen hatten. Während sie beide Kisten zu Demonstrationszwecken in die Luft hielt, fiel mir auf, dass bei der einen der Innenraum kleiner wirkte. Die Hitze zog durch meinen Körper wie eine Windböe.

«Ich bleibe bei meiner Entscheidung», sagte ich.

«Ich werde Sie vor einem schweren Fehler bewahren», sagte die junge Frau.

Möchtest du den Rest deines Lebens mit mir verbringen, dachte ich, ich mache dich glücklich, ich bin dein Schicksal und du meins, das ist absolut und völlig sonnenklar. Ich sagte, ich wolle den Geschäftsführer sprechen. Ich wiederholte meinen Wunsch, ich wurde grob. Das Mädchen drehte sich zu einer offenen Tür hinter der Ladentheke um und rief etwas auf Mandarin. Ein buckliges Männchen erschien, vielleicht ihr Ehemann. Ich nahm das Kästchen, schmiss mein Geld auf den Tisch und rannte davon. Am Taxistand schaute ich mich um. Die junge Frau war mir nachgelaufen, aber ein paar Schritte vor der Ladentür stehen geblieben, mit leicht gebeugtem Rücken und kelchförmig erhobenen Armen.

Im Hotel lag ich eine Ewigkeit im Bett, schaufelte Chloroquin in mich hinein und starrte den Drachen an. Nach ein paar Tagen kam meine Zimmerwirtin mit einem neuen Gast herein und entschuldigte sich. Sie habe gedacht, ich sei bereits abgereist. «Ich habe Fieber», antwortete ich. Sie kam ein paar Schritte auf mich zu, schob ihre Hand unter mein T-Shirt und schüttelte den Kopf. Dann bat sie mich, die nächsten Wochen im Voraus zu bezahlen.

Danach kam sie jeden Morgen und stellte Wasser auf meine Türschwelle. Sofort, wenn sie gegangen war, schüttete ich das Wasser in die Toilette und füllte Leitungswasser in den Krug. Meine Beine wurden immer schwächer.

An der Wand hingen mehrere schlechte Fotografien in aufwendigen Plastikrahmen. Die, die ich am meisten anstarren musste, weil sie dem Bett gegenüber hing, zeigte einen Gecko auf einem Zweig. In unendlicher Tiefenschärfe, die die Fotomontage verriet, waren im Hintergrund hohe Berge und Alpenglühen zu sehen. Aus dem Mund hing dem Tier eine feuerrote Zunge. Mit Edding malte ich ihm eine zweite Zunge an den Hinterkopf. Ich betrachtete lange das Ergebnis und fügte noch eine Sprechblase hinzu: «Hey, hey, hey! I drink milk, hey!» Ich musste sehr lachen über diesen herrlichen Witz.

«Herr Shiitake», sagte meine Wirtin eines Tages (ich war längst dazu übergegangen, mich in jedem Hotel mit diesem Namen vorzustellen, da mein richtiger Name sich als unaussprechlich erwiesen hatte), «Herr Shiitake, Sie haben einen Anruf erhalten.»

Da war mir klar, was die Stunde geschlagen hatte. Niemand wusste, wo ich wohnte, niemand wusste, dass ich überhaupt in China war, außer bei der Einreise war ich nie unter meinem richtigen Namen aufgetreten – woher sollte ich einen Anruf erhalten?

Ich nickte meiner Zimmerwirtin zu, packte meine Sachen zusammen und floh noch in derselben Minute. Trotz anhaltenden Fiebers gelang mir die Turnübung, mich aus dem ersten Stock auf die Straße zu werfen, ganz gut. Ich verstauchte mir lediglich den Fuß.

Im Hafen humpelte ich einen kühlen Vormittag lang

herum, schließlich fand ich einen Obstfrachter mit kleinen Passagierkabinen und der Destination Japan. Genauer: Ishinomaki, ein verrottetes nordjapanisches Hafenstädtchen mit trostloser Architektur und einem noch trostloseren Zollgebäude, in dem irgendwann, wenn mich nicht alles täuscht, in den folgenden Tagen (aber noch durch einen Ozean getrennt von mir) einige japanische Beamte um ein Faxgerät herumstanden, aus dem mein Fahndungsfoto und der Obduktionsbericht von Nils Johann Nansen hervorsurrten.

Doch ich will nicht vorgreifen. Meine letzten Tage in Freiheit, mein herzlicher Abschied von Tsingtao und dem chinesischen Festland sowie die wunderbare Schiffsreise verdienen noch eine ausführliche Betrachtung. Es war ein kühler Vormittag, wie gesagt, als ich an Bord des Schiffes ging. Ich gab dem Kapitän doppelt so viel Geld, wie er verlangt hatte. Sich unablässig verbeugend und entschuldigend, wies er mir eine schmutzige Kabine an. Ich verriegelte die Tür, zog die bedruckten Plastikvorhänge zu und legte mich in die Koje. Benzin- oder Heizöldämpfe nebelten vom Boden herauf. Gegen Abend erzitterte das Schiff vom Geräusch der Motoren. Die nächsten Tage ernährte ich mich ausschließlich von Dosenthunfisch. Das Fieber ließ nach.

Nach einer Woche machte ich den ersten Ausflug an Deck. Es war strahlender Sonnenschein und nur wenig Wind, aber das Schiff rollte entsetzlich, und ich hängte mich über die Reling. Die Mannschaft, die hauptsächlich aus Filipinos bestand, verfolgte aufmerksam mein Treiben. Ab und zu stellte sich einer neben mich und ahmte mein Erbrechen nach, und dann lachten sie alle wie Cheerleader. Aber ich hatte mich mittlerweile an die Mentalität gewöhnt.

Auf hoher See fand ich zum ersten Mal Gelegenheit und Werkzeug, den doppelten Boden der Japanlackdose zu öffnen. Ich brach ein Messer dabei ab und verbog ein zweites. Als der Boden heraussprang, öffnete sich ein Fach, in dem ein braunes Pulver lag. Es sah aus wie Holzstaub. Es roch wie Holzstaub. Es war Holzstaub.

Unter den anderen blinden oder halbblinden Passagieren des Obstfrachters war ein japanischer Geschäftsmann, der seine Tage sonnenbadend und möwenfütternd verbrachte. Er hatte ein merkwürdiges Bürokratenaussehen und Tränensäcke wie Einkaufsbeutel unter den Augen. Mit seinen viel zu eleganten Anzügen und dem Panama-Hut gab er dem Leben an Deck eine Schweizer Sanatoriumsnote, die mir gut gefiel. Er erklärte mir, dass er Flugangst habe, das sei der Grund für diese Reiseform, und ich erwiderte, es ginge mir genauso. Er hieß Herr Miike. Herr Miike fragte mich, was ich in Japan wolle, und mir fiel ein, dass ich noch nicht darüber nachgedacht hatte. Vermutlich, antwortete ich, würde ich erst einmal ein Krankenhaus aufsuchen. Bei meinem Gesundheitszustand riete er mir davon ab, sagte Herr Miike und lächelte, seiner Ansicht nach würde ich ein Krankenhaus nicht überleben.

Er selbst gab sich als Filmregisseur aus. Wie man schnell erkennen konnte, hatte er nicht die geringste Ahnung von Filmen. Er kannte weder Wenders, noch hatte er je etwas von Syberberg gehört. Dagegen *Derrick*. Von *Derrick* kannte er alle Folgen, mit japanischen oder chinesischen Untertiteln, das sei großartig, sagte er, eine phantastische Serie. Trotzdem waren unsere Unterhaltungen ganz reizend.

Wir saßen in unseren Liegestühlen wie herrliche Lebemänner und schauten auf das schläfrige Meer. Herr Miike trug eine verspiegelte Sonnenbrille im Haar. Außerdem lag wie ein Fragezeichen auf seiner haarlosen Brust mein Lederamulett, das ich ihm gleich zu Beginn unserer Freundschaft verehrt hatte. (Im Gegenzug versprach er mir ewige Dankbarkeit.)

Wenn die Sonne schien, was sie freundlicherweise fast immer tat, tranken wir grüne, süßliche Cocktails, die der Kapitän selbst zubereitete, und Herr Miike erzählte mir der Reihe nach alle Drehbücher, die er glaubte in seinem Leben verfilmt zu haben. An eines erinnere ich mich noch sehr genau. Es war eine Kriminalgeschichte. Ein japanischer Kommissar (den ich mir nicht anders als durch Horst Tappert verkörpert vorstellen konnte) verfolgte mehrere Gangster auf der Flucht. Er stand dabei meistens herum – Herr Miike schilderte stundenlang die Möglichkeiten des Herumstehens und seiner beispielhaften Darstellung, gefilmt aus kreiselnden Kameraperspektiven –, und wenn der Kommissar lange genug irgendwo gestanden hatte, ging er woandershin und stand dort herum. Die Verbrecher kamen nie ins Bild. In geradezu Originalzeit erzählte Miike diesen immergleichen, angenehm geisteskranken Plot, während sanft die Reling auf und ab rollte, mal den Horizont verdeckte, mal nicht.

Und dann, fünf Minuten bevor der Film endete, war das Herumstehen auf einmal vorbei. Auf einem Feldweg kam es zur Konfrontation. Die Verbrecher rasten in einem Sportauto auf den Kommissar zu. Er versuchte, sich mit einem Sprung zu retten, aber er war zu langsam. Sie hatten ihn erwischt. Während das Auto am oberen Bildrand kehrtmachte, sah man Derrick im Kornfeld sich herumwälzen und aufrichten, sein rechter Arm hing zerfetzt herab, Blut spritzte aus dem Schultergelenk. Der Kommissar griff mit dem linken Arm den rechten und riss ihn ab, warf ihn ins Kornfeld. Er schlenkerte seine Schulter vor und zurück, da kam mit einem satten Geräusch eine Panzerfaust aus dem Armstumpf. Damit knallte er das Verbrecherauto in die Luft. Die Gangster wirbelten in den Himmel, taumelten umher und ersetzten ihre abgefallenen Körperteile durch noch entsetzlichere Waffen. (Ich überspringe ein endloses Gemetzel.) Schließlich holte der Kommissar mit der verbliebenen Hand weit aus, schleuderte hinter seinem Rücken einen Feuerball hervor, und der Feuerball flog waagerecht und in Superzeitlupe auf die Verbrecher zu, und dort, wo eben noch die Verbrecher gestanden hatten, stand jetzt ein riesiger Atompilz über dem Kornfeld, konzentrische Wolkenringe ausstoßend, und die Kamera raste zurück, um die Wolkenringe einzufangen, immer weiter, bis die ganze Stadt, bis die Umrisse von Japan, bis Asien und der ganze Erdball zu sehen waren, hoch über allem eine riesige Feuerwolke, und die Welt flog auseinander in fünf Teilen.

Im Oderbruch

Nur Sand und Baumwurzeln waren zu erkennen, rechts und links ein bisschen vom Unterholz, es dämmerte. Meine Arme wurden langsam lahm. Über dem Kopf schleppte ich das Kanu durch den Wald, den Weg herauf, den ich gekommen war, zum Parkplatz. Als der Weg sich verbreiterte, drückte ich beide Arme hoch und spähte unter dem Bug hindurch. Der Parkplatz war leer, hohe Gräser schwankten im Wind. Die Autos, die am Nachmittag bis zur Auffahrt gestanden hatten, waren alle verschwunden. Es dauerte einen Moment, bis ich begriff, dass mein Auto auch verschwunden war. Ich senkte die Arme, ging in die Knie und ließ das Kanu über die linke Schulter fallen. Der Schwung riss meinen Oberkörper ins Boot, ich fluchte.

Von einer kleinen Böschung aus schaute ich mich um, als sei es möglich, dass jemand das Auto nur in die Sträucher geschoben und versteckt hatte. Die Zufahrtsstraße lag ruhig und menschenleer da, ein weißer Bodennebel zog vom Fluss herauf durch die Bäume. Ich klopfte von außen auf meine Hosentaschen, erst vorne, dann hinten. Dann zog ich das Kanu in einen Graben hinter dem Parkplatz, sah mich nach abgebrochenen Zweigen um und legte sie über das Boot.

Ich lief durch die Dämmerung, die rasch zur Dunkelheit wurde. Ein blasser, durchgezogener Strich auf dem Asphalt markierte meinen Weg. Rechts und links nur noch Schatten. Ich bekam eine Gänsehaut, als mir einfiel, dass es hier Autodiebe geben musste. Natürlich waren sie längst über alle Berge, aber mich beunruhigte für einen Moment der Gedanke, dass sie, nur durch eine kurze Zeitspanne von mir getrennt, hier entlanggeschlichen waren. Mit Wollmasken auf dem Kopf und Stabtaschenlampen und Brechstangen oder was für Werkzeug Autodiebe heute benutzten, ich wusste es nicht. Nach einiger Zeit verschwanden die Schatten, und ich erkannte Felder rechts und links der Straße. Dann links wieder Wald, dann wieder auf beiden Seiten Wald. Ich konnte mich nicht erinnern, wie die Straße auf dem Hinweg ausgesehen hatte. Ich überlegte, ob ich morgen Termine hatte. Hatte ich? Morgen war Montag.

Endlich ein schwacher Lichtschein, von Kiefernstämmen durchbrochen. Ich lief darauf zu und stieß gegen einen Metallzaun. Dahinter ein winziges Haus im Wald. Ich klingelte. Nach einer Weile meinte ich Schritte zu hören und klingelte erneut, weil sich nichts tat.

«Verschwinde», sagte jemand durch die Tür. «Hau ab.»

«Mir ist mein Auto gestohlen worden. Ich möchte nur telefonieren.»

Ich hörte, wie mit der Kette hantiert wurde. Da nichts weiter geschah, nahm ich an, dass die Tür jetzt von innen verriegelt war.

«Ich war beim Kanufahren da am Fluss. Ich habe im Wald geparkt, dahinten –»

«Ich mache nicht auf.» Eine Frauenstimme. Fast noch eine Kinderstimme. Ein Singsang. Aber kein Dialekt, wenn ich das richtig erkennen konnte. Ich versuchte, das Türschild zu lesen. Es war zu dunkel. Das einzige Licht kam durch ein beschlagenes Fenster oberhalb der Tür.

«Du musst ja nicht aufmachen. Aber kannst du mir einen Gefallen tun?» Ich berührte mit den Fingerkuppen das Türblatt. «Und für mich die Polizei rufen?»

«Ich hab kein Telefon.»

Ich sackte etwas zusammen. «Wie weit ist es denn bis zum nächsten Telefon? Oder bis zum Dorf?»

«Weiß ich nicht.»

«Wieso weißt du das nicht?»

«Zehn Kilometer.»

«Was?»

«Zwei … Kilometer.»

«Danke», sagte ich.

Ich hatte mich schon umgedreht, da hörte ich noch: «Oder fünf Kilometer. Ich kann so was nicht schätzen. Ich bin nicht gut in Mathe. Jetzt verschwinden Sie!»

«Wie kommst du denn selbst normalerweise in die Stadt?»

«Ich geh nicht in die Stadt. Nur zum Einkaufen.»

«Aber wenn du gehst, wie lange brauchst du?»

«Eine Stunde», sagte sie unsicher. «Oder zwei. Das kommt drauf an.»

Mein Blick fiel auf ein Gebüsch neben der Tür. Aus dem Gebüsch blinkte ein altmodischer Fahrradlenker heraus, mit einem Korb vornedran. Unter der Handbremse steckte eine Blume, eine Plastikblume.

«Kannst du mir vielleicht dein Fahrrad leihen?», rief ich ohne viel Optimismus. «Ich bezahl auch dafür.»

«Verschwinden Sie, oder ich rufe die Polizei!»

Ich kratzte mich mit einer Hand unter dem Pullover und ließ die Hand dort liegen. Es war nicht meine Absicht, die Welt in Angst und Schrecken zu versetzen. Aber ich war auch nicht gerade wild darauf, stundenlang durch die Dunkelheit zu irren.

«Wie willst du denn die Polizei rufen?»

Stille.

«Ich meine, das wäre doch genau das, worum ich dich gebeten habe.»

Stille.

«Ich *möchte* doch, dass du die Polizei rufst, kannst du mich hören? Hörst du mich?»

Das Schloss krachte zweimal. Eine Sicherungskette rastete ein. Dann öffnete die Tür sich ein wenig, und ein Faden Licht fiel in den Garten.

«Sind Sie Deutscher?»

«Ja.»

«Kommen Sie her.»

Ich hielt mein Gesicht vor den Türspalt. Im Gegenlicht konnte ich nicht viel erkennen, nur dass es ein ganz junges Mädchen war, vielleicht siebzehn, achtzehn, mit einem Pfannkuchengesicht und braunen Haaren. Ihre Hände steckten in gelben Gummihandschuhen. Sie schloss die Tür, rasselte mit der Kette und öffnete erneut.

«Ich hab keine Lust, vergewaltigt zu werden», sagte sie aufgeregt.

Ich hob beschwichtigend die Hände.

«Hier laufen so viele Leute rum! Tut mir leid.»

«Kein Problem. Ich –»

«Erst letzte Woche haben sie die Bank kaputt gemacht, Rumänen. Sie machen ein Seil um den Geldautomaten» –

das Mädchen schaute auf ihre Handschuhe und beschrieb zuerst einen Kreis und dann etwas, das man für einen Knoten halten konnte – «und binden's an die Stoßstange und reißen alles raus.» Sie sah mich empört an.

«Vielleicht solltest du dir einen Hund anschaffen?»

«Hab ich ja!» Sie ließ die Tür los und machte zwei Schritte zurück in den Flur. «Aber der hat auch Angst, nicht? Freki ist ein Angsthase.»

Im schwachen Schein der Deckenlampe war nicht viel zu erkennen. Mit nicht ganz senkrecht herabhängenden Armen und vorgebeugtem Kopf stand das Mädchen inmitten eines mit Gerümpel vollgestellten Raumes. Sie trug eine Adidas-Trainingshose, rosa Flipflops, am Fußgelenk ein Kettchen. Irgendetwas an ihr wirkte sonderbar zusammengesetzt. Die Haut war von einem makellosen, durchgehenden Goldbraunton, wie bei Zwölfjährigen am Ende eines langen Sommers. Aber ihre Bewegungen hatten etwas Stabiles, eine solide, fast greisenhafte Trägheit. Sie merkte, dass ich sie anstarrte.

«Schau!», rief sie und sackte vor mir auf den Fußboden.

Ich kniete mich langsam, vorsichtig neben sie, und sie zeigte unter eine riesige Kommode, wo es völlig dunkel war. «Jetzt stellt er sich natürlich tot. Wenn Besuch kommt, stellt er sich immer tot.»

Ich legte mein Kinn auf den Fußboden und schaute in das umrisslose Dunkel, das die Anweisung befolgte und sich tot stellte. Ein Geruch nach abgestandenem Essen ging von den Dielen aus.

«Aber ein Telefon hast du?», sagte ich nach einer Weile.

«Oben», erwiderte sie und stocherte mit einem Arm unter der Kommode herum.

Direkt neben dem Eingang führten Stufen hinauf. Da sie keine Anstalten machte, mir voranzugehen, erhob ich mich langsam. Ich setzte einen Fuß auf die unterste Treppenstufe, legte eine Hand auf das Geländer und drehte mich um.

«Ich geh dann mal», erklärte ich vorsichtshalber.

Im Obergeschoss gab es zum Glück nur ein Zimmer. Bett, Tisch und ein leeres Regal. Keine Bilder an den Wänden, keine Gardinen. Alles, was das Zimmer an Gegenständen enthielt, lag auf dem Fußboden. Handyladegeräte und Fernbedienungen, Wäschestücke, Zeitungen, leere Chipstüten, eine Reitgerte. Eine dreibeinige Staffelei, ein Luftgewehr. Dazwischen auf- und abtauchend ein Telefonkabel. Ich folgte ihm mit den Augen zuerst in die falsche Richtung, dann entdeckte ich das Telefon unter dem Bett. Im Gegensatz zum Rest des Zimmers war das Bett sehr ordentlich hergerichtet, wie ein Hotelbett. Ich wählte 110.

«Scharich, Polizei, Moment bitte.»

Ich hatte kein Wort gesagt. Ich hörte, wie der Hörer auf der anderen Seite abgelegt wurde, dann hörte ich den Beamten ein zweites Gespräch führen. Undeutlich waren einige Worte zu verstehen, dem dramatischen Tonfall nach zu urteilen, ging es um Privatangelegenheiten. Unten im Haus krachte plötzlich Musik los. Die Lautstärke wurde sofort heruntergeregelt. Einige Sekunden lang wummerte ein Bass unentschlossen durch Decken und Wände, dann verschwand er wieder. Es war stiller als zuvor. Ich versuchte, mich auf das Bett zu setzen, und rollte sofort rückwärts in eine tiefe Kuhle. Meine Knie schlugen gegen meine Brust, mein freier Arm ruderte in der Luft.

«Wenn du zu blöd bist», hörte ich den Polizisten, «ich

hab dir vier gegeben, zwei mal vier. Dafür gehen andere zu Günther Jauch.»

Ich arbeitete mich mühsam wieder auf die Bettkante vor, klemmte den Hörer zwischen Hals und Schulter und schüttelte hinter meinem Rücken mit beiden Händen die Daunendecke auf. Dann ein scharrendes Geräusch im Hörer.

«Hallo!», sagte der Beamte.

In zwei Sätzen beschrieb ich, was passiert war. Als ich erklären wollte, wo ich mich gerade aufhielt, schätzungsweise einen Kilometer vom Parkplatz am Fluss entfernt, irgendwo in einem Haus im Wald, unterbrach er mich und sagte, er wisse, wo ich sei, bei der kleinen Tasmane. Ich solle mich keinen Millimeter von der Stelle rühren und keinen Unsinn machen. Er könne gerade keinen Mann vorbeischicken, er habe da wieder eine Bank, er schicke später einen vorbei. Ich wollte fragen, wann, da hatte er den Hörer schon wieder abgelegt und telefonierte auf der anderen Leitung weiter. Er sprach jetzt gedämpfter, oder der Hörer lag weiter weg als beim ersten Mal. Von seinen Worten war fast nichts mehr zu verstehen.

Neben dem Bett stand ein Nachttisch mit einer das Holz schützenden Glasscheibe obendrauf. Auf dem Glas lag ein Stapel schwarzer Notizbücher mit roten Ecken, offensichtlich Tagebücher, dazu ein Labello und eine angebrochene Tüte Fisherman's Friend.

Mit dem Telefon schob ich die Gegenstände auseinander und betrachtete zwei Fotos, die unter der Glasplatte lagen. Das erste zeigte eine mediterrane Landschaft. Auf einem strahlend grauen und grünen Felsen, der steil ins Meer stürzte, stand ein nackter Mann und machte den Deutschen Gruß. Oder jedenfalls etwas, das so ähnlich aussah. Nur an der Drehung des Oberkörpers war zu erkennen, dass der emporgerissene Arm wahrscheinlich ein Schwungarm war. In der anderen Hand hielt der Nackte eine Camping-Bratpfanne aus Aluminium an den Unterarm geklappt, als würde er sie jeden Moment ins Meer schleudern wollen. Es sollte auf unbeholfene Weise vermutlich eine Nachahmung des Diskuswerfers sein oder auch nur die Nachahmung der Leni-Riefenstahl-Nachahmung des Diskuswerfers. Weiß und marmorn leuchtete die Haut des Athleten in der Sonne, nur sein Penis wirkte dunkel, wie verfault. Es gelang mir nicht, das Bild lächerlich zu finden. Im Gegenteil, ich war sogar irgendwie beeindruckt.

Das zweite Foto dagegen sah aus, als wäre es hier in der Nähe entstanden, fast, als hätte ich es selbst auf meinem Weg vom Fluss hierher aufgenommen. Es zeigte graugrünen Nebel. Einige unscharfe Details ragten in den Vordergrund, Gräser oder Äste. Die oberen Ecken waren amateurhaft verschattet, in der Mitte war nichts. Es war nicht zu erkennen, warum der Fotograf den Auslöser betätigt hatte.

Dann knackte es im Telefonhörer, und am anderen Ende war aufgelegt worden.

«War ja klar», sagte das Mädchen, ohne sich umzudrehen. Sie stand vor der Küchenspüle und trug ein schwarzes T-Shirt mit Tourneedaten hintendrauf. Meiner Meinung nach hatte sie an der Tür noch ein anderes angehabt, aber ganz sicher war ich mir nicht. Ihre Hände steckten immer noch in den gelben Gummihandschuhen. Sie stellte eine Salatschüssel umgedreht auf einen Berg aus Tellern, zog den Abfluss und wischte die Handschuhe an der fleckigen Trainingshose ab.

«Polizei hier kann man vergessen. Das dauert drei Stunden, dann kommt Scharich und ist besoffen.»

«Du kennst ihn?»

«Klar.»

Über der Spüle hingen herausgerissene Zeitungsausschnitte an der Wand, umkringelte Annoncen. Eine bunte Lichterkette führte von einem Regal über eine Küchenuhr zu einem großen amerikanischen Kühlschrank. Auf dem Kühlschrank stand ein Schwarzweißfernseher und lief ohne Ton. Der Tagesthemen-Moderator saß vor dem Foto eines Gebäudes mit der Aufschrift *Helios Airways*. Das Mädchen folgte meinem Blick von einem Gegenstand zum anderen, und als sich unsere Blicke trafen, knipste sie ein Lächeln an.

«Da fliegt ein Flugzeug über Griechenland rum, ohne Pilot», sagte sie. «Alle Passagiere erfrieren. Der Pilot ist gestorben. Die Armen!»

Sie nahm eine angebrochene Weinflasche vom Tisch, zog den Korken mit den Zähnen heraus und schenkte zwei Gläser voll, die auf der Spüle standen. Dann hob sie ein Glas in Augenhöhe und knibbelte mit dem Gummihandschuh Lippenstift oder Dreck vom Rand. Ein wenig Flüssigkeit schwappte über.

«Hier vom Lidl, aber fantaftiff.» Sie nahm den Korken aus dem Mund. «Außerdem billig, ich leb ja vom BAföG.»

«Danke», sagte ich und nahm das gereinigte Glas entgegen. Der Wein war sehr süß.

«Inka übrigens!» Sie machte einen Schritt auf mich zu. «Inka Tasmane.»

«Äh, Georg.»

«Und weiter?»

«Bitsch.»

«Bitsch», wiederholte sie, als müsste sie sich an etwas erinnern. «Georg Bitsch.»

Ich wäre am liebsten wieder gegangen. Noch auf der Treppe hatte ich überlegt, den Vorschlag zu machen, draußen auf das Eintreffen der Polizei zu warten. Mit dem Wein in der Hand war das schlecht möglich.

«Was heißt denn das», nahm ich den Faden wieder auf, «wenn der sagt, er schickt *später* jemanden vorbei? Hast du Erfahrung damit?»

«Das kann alles heißen. Die sind hier nicht so richtig auf Zack, heißt das hauptsächlich. Kennst du Maik Tschikowski?»

«Wer?»

«Maik Tschikowski.»

«Sänger? Schauspieler?»

«Nein! Hier aus der Gegend. Ich dachte, wenn du auch hier aus der Gegend bist –»

«Ich bin aus Berlin.»

«Ah!», sagte sie. Sie hielt sich den Korken der Weinflasche wie ein Einhorn an die Stirn und grinste. Das Grinsen machte speckige Grübchen auf ihren Wangen. «Ist aber auch nicht schlimm. Ich meine, wenn der nicht kommt. Irgendeiner von den Säufern kommt immer. Und wenn nicht, du kannst auch hier übernachten. Du kannst auch hierbleiben.»

Sie zog die Gummihandschuhe schnappend von den Händen, drehte sich um und öffnete den Kühlschrank.

«Wahrscheinlich würden wir ganz gut zusammenpassen. Tomaten. Irgendwo muss auch noch Mozzarella sein. Hast du Hunger?»

Ich schüttelte den Kopf.

«Nach so einer Kanufahrt?»

«Wirklich. Sehr nett.» Ich nahm mein Glas in die andere Hand und lehnte mich rückwärts gegen die Tischkante. Ich verschränkte die Arme vor der Brust, spürte das störende Weinglas in der Achselhöhle, stellte es auf den Tisch und verschränkte die Arme erneut.

Das Mädchen hatte sich eine kleine rote Tomate zwischen die Schneidezähne gesteckt und sah für einen Moment aus wie Bruce Willis in der Kellerszene von *Pulp Fiction*.

«Soll ich dir mal was zeigen?», sagte sie und zerkaute die Tomate. «Ich zeig dir mal die Terrasse.»

An der Schmalseite der Küche war eine Holztür. Inka ging voran. Ich hielt mir eine Hand seitlich an die Augen, um besser sehen zu können. Die Terrasse war ein schmaler, vertrockneter Grasstreifen hinter dem Haus, der nach wenigen Metern in eine Kieskuhle abfiel. Rechts und links der Kieskuhle lief der Wald in einer Schneise auseinander und gab den Blick auf Nebelbänke frei. Es sah aus, als ob irgendwo da unten ein Ausläufer des Flusses sein musste.

«Wie schön es hier ist!», sagte Inka.

Sie hockte an der Abrisskante und umklammerte ihre nackten Zehen mit den Händen. Ich hockte mich neben sie. In ihrer nächtlichen Symmetrie erinnerte mich die Landschaft an ein Bild, das ich die letzten Wochen vom Zahnarztstuhl aus gesehen hatte. Nicht Caspar David Friedrich, aber so was Ähnliches. Ähnlicher Maler, gleiche Zeit. Ich hatte die Sprechstundenhilfe zweimal danach gefragt, jetzt fiel mir der Name nicht mehr ein.

«Woran erinnert dich das?», fragte Inka.

«Was?»

Sie zeichnete ein Viereck über die Landschaft. «Das da. Das erinnert dich an was.»

«Ja?», sagte ich unsicher.

Sie lächelte. Sie hatte meine Überraschung gespürt, und sie nutzte sie aus. Es vergingen fast zehn Sekunden, bevor sie antwortete.

«Dieser eine Vampirfilm mit George Clooney.»

«Was für ein Vampirfilm?»

«Da ist auch so eine Grube hinterm Haus. Genau so.»

«Kenn ich nicht.»

«Den kennt jeder.»

«Ich geh nicht oft ins Kino», sagte ich. «Und wenn, dann nicht in Vampirfilme.»

«Ist auch nicht wirklich ein Vampirfilm, eher ein Gangsterfilm.» Sie verlagerte ihr Gewicht von einem Fuß auf den anderen und wieder zurück. «George Clooney und noch einer, Clooney kennst du aber? Das sind so Gangster, und die sind auf der Flucht, und die kommen an ein Haus, das heißt *Titty Twister* – na ja. Weiß man erst mal gar nicht. Jedenfalls, dahinter ist auch so eine riesige Grube. Aber das sieht man erst am Schluss, als alle tot sind, oder eigentlich – nee.» Sie hakte einen Finger unter ihr Fußkettchen und zerrte es hin und her. «Das muss man anders erklären», sagte sie und erklärte, in welcher Reihenfolge in dem Film wer gekidnappt, wer zerstückelt und wem warum die Füße abgeleckt wurden, bis am Ende die Grube kam.

«Klingt nach einem tollen Film», sagte ich.

«*Ist* toll.»

Sie riss zur Bestätigung ein paar Gräser aus und warf sie in die Kieskuhle hinunter.

Wir schwiegen.

«Soll ich dir mal was erzählen? Ich hab mal von einer Frau gelesen – na ja. Ich hatte mal 'ne Bekannte, um ehrlich zu sein. Die hatte eine Beziehung mit ihrem Hund.» Inka sah mich an, als erwarte sie eine Reaktion. Als keine kam, hob sie rasch eine Hand an die Haare und drehte Locken um ihren Zeigefinger. «Und die sah gar nicht mal schlecht aus oder so. Die sah sogar ziemlich gut aus, die Bekannte.»

«Schön für den Hund.»

«Im Ernst?»

«Nein.»

Wir schwiegen wieder. Einige quälende Minuten vergingen. Ich nahm noch einen Schluck Wein und stellte das Weinglas zwischen meinen Schuhen ab. Ich überlegte, ob ich der Polizei nicht einfach entgegengehen sollte. Aus weiter Ferne kam ein merkwürdiges Geräusch, ein Heulen, fast eine Art Singen, wie von einem großen Tier. Inka wippte unruhig vor und zurück.

«Ich weiß ja nicht, wie es dir geht», sagte sie, «aber ich würd mich lieber unterhalten.»

«Ja.»

«Wenn man sich so wenig kennt.»

Ich nickte.

«Findest du das merkwürdig, dass ich das erzähle? Mit der Bekannten und so?»

«Über irgendwas muss man ja reden.»

«Aber du redest nicht gern.»

«Ist das eine Feststellung?»

«Auch.»

«Worüber soll ich denn reden?»

«Du sollst ja nicht reden. Ich hab nur gesagt, es wäre mir *lieber*.»

«Okay.»

«Bist du verheiratet?»

«Geschieden.»

«Hast du Kinder?»

«Einen Sohn.»

«Findest du mich anstrengend?»

«Was?»

«Ob du mich anstrengend findest», sagte sie. «Bitte sei ehrlich.»

Ich schüttelte den Kopf. «Nein», sagte ich. «Ich musste nur gerade – ich hab nur eben an mein Auto gedacht. An mein Kanu.»

«Was für 'n Kanu?»

«Ich war doch Kanu fahren.»

«Ach ja», sagte sie enttäuscht.

Fast die ganze Zeit, während wir nebeneinandersaßen, hatte ich aus den Augenwinkeln das Mädchen angesehen. Jetzt verschränkte ich die Arme vor den Knien und sah in die Flussniederung hinunter. Aus Höflichkeit oder um nicht stumm zu erscheinen, berichtete ich, wie ich mich kurz hinter Bleyen verfahren hatte, wo ungefähr ich ins Wasser gegangen war und wie ich den Autodiebstahl bemerkt hatte. Ich erzählte von der hereinbrechenden Dunkelheit, davon, wie ich mich vor den Autodieben gefürchtet hatte, und fast hätte ich unsere Unterhaltung durch die Tür noch miterzählt. Während ich redete, sah ich, dass Inka sich die Handinnenfläche vor den Mund hielt, als würde sie auf die Hornhaut beißen. Ich redete weiter und bemerkte, dass an der Hand ein Finger fehlte. Vier Finger an der rechten Hand, ohne dass Platz für einen fünften war. Nahtlos und elegant leitete der Handteller in die vier vorhandenen Finger über. Es sah aus wie ein Drogenerlebnis. Ich verlor den Faden und sagte, dass ich davon ausginge, dass als Nächstes auch noch das Kanu geklaut würde, ich hätte es nur ganz notdürftig mit Zweigen abgedeckt, es sei ganz neu gewesen und –

«Das ist banal», sagte Inka und ließ die Hand fallen.

«Was?»

«Entschuldigung», sagte sie. «Aber das ist banal.»

«Ich dachte, du wolltest reden?»

«Aber doch nicht so!»

Peinliches Schweigen.

«Ich weiß, ich bin manchmal schwierig», fuhr sie fort. «Aber ich meine, wir sitzen hier – ich weiß nicht, wie es dir geht – aber wir sitzen hier, nur du und ich, und nur für kurze Zeit wahrscheinlich, in dieser … Unendlichkeit, und dann fährst du zurück nach Berlin, und wir sehen uns nie wieder, verstehst du? Da muss man nicht über Banalitäten reden.» Bei dem Wort Unendlichkeit hatte sie den Kopf zurückgeworfen, bei Banalitäten sah sie mich an.

«Ich häng an meinem Auto», sagte ich. «Tut mir leid, wenn das für dich Banalitäten sind. Aber ich häng an meinem Auto, und ich häng auch an meinem Kanu, und ich zahl keine dreißig Prozent Steuern, damit die Polizei nicht kommt, wenn ich sie mal brauche.»

«Kennst du Anna Karenina?»

«Auch hier aus der Gegend?»

«Anna Karenina!»

Ich schüttelte den Kopf.

«Das ist großartig», sagte Inka und hob zwei Fäuste in die Nähe meines Gesichts. «Weltliteratur.»

Ich sagte, dass mich das ungefähr so brennend interessieren würde wie Vampirfilme. Sie ließ sich nicht beirren.

«Da gibt es ein Kapitel, das heißt *Lewins Exaktheit*. Kennst du das?»

«Ich sag doch, nicht gelesen.»

«Das handelt davon, dass das meiste, was man im Leben macht, nicht exakt genug ist. Man verbraucht zu viel Energie, zu viel Sorge, zu viel alles. Verschwendet seine Zeit, verstehst du? Nur drei Prozent oder so sind wirklich wichtig, in jedem Leben. Darauf kann man das zusammendampfen. Das ist die Essenz. Und Lewin, das ist das *Alter Ego* von Tolstoi …»

Sie machte eine Kunstpause.

«Ich weiß, was das ist», sagte ich gereizt.

«Lewin hat diese Utopie, dass es immer diese drei Prozent sein sollen. In jeder Sekunde, immer diese Intensität.»

«Wenn das bedeutet, dass man sein Eigentum nicht vermissen darf, ist das nichts für mich.»

«Du musst das nicht ins Lächerliche ziehen.»

«Das ist nicht lächerlich.»

«Aber du kannst nichts dagegen machen, oder?» Sie legte mir die Hand mit den vier Fingern auf den Arm. «Dein Auto ist dein Auto. Und wir sind wir. Und wir sitzen hier, für einen kurzen, *exakten* Moment in dieser Unendlichkeit, und das ist das Einzige, was zählt. Verstehst du?»

Aus dem Wald waren erneut die Schreie des Tieres zu hören. Inka sah mich begeistert an, und in dieser Begeisterung lag auch etwas wie Unschuld und der philosophische Wille, die Lage zu meistern, und ich kam um eine Antwort nicht herum.

«Ich bin zu alt für so was, glaube ich.»

«Ich muss dir mal was zeigen», sagte Inka barsch. «Nimm mal das Weinglas da. Das Weinglas.»

In der Küche schenkte sie die Gläser wieder voll. Dabei kicherte sie. Dann wurde sie wieder ernst, dann kicherte sie wieder. Mit den Gläsern in beiden Händen schob sie mich zu einer Tür, die aussah wie die Tür zu einem Wandschrank.

«Aufmachen», sagte sie.

Ich rüttelte am Türgriff.

«Kräftiger. Klemmt.»

Die Tür flog auf, und ein Stoß sauerstoffarmer Luft schwappte in die Küche. Inka zwängte sich an mir vorbei eine schmale Treppe hinunter ins Dunkel. Nach einer Weile hörte ich das Anreißen eines Streichholzes, dann flammte unten ein Windlicht auf.

«Was soll ich denn da?»

Sie antwortete nicht.

«Hört man denn da die Klingel?»

«Lass einfach die Tür auf!», kam es dumpf zurück.

Ich rückte einen Stuhl vor die Tür, damit sie nicht zufallen konnte, und stieg hinunter.

In einem vielleicht fünf Quadratmeter großen Kellerraum standen wir uns gegenüber. Das Windlicht beleuchtete ein Paar Gummistiefel, einen verrosteten Rasenmäher, Kohleschütten und Ähnliches. An einem Schuhschrank stand eine Schublade offen, ihren Boden bedeckte geblümtes Papier. Auf dem Schrank lag eine Art Schutzanzug aus schwarzem Gummi. Direkt neben der Treppe ging es zwei Stufen weiter zu einer Eisentür. Daneben stand ein mannsgroßer, solider Metallkäfig, darüber hing ein Tankstellenkalender von 1996 mit einem Sonnenaufgang über dem Kolosseum.

«Sehr schön, sehr schön», sagte ich, ohne Inka anzusehen.

Sie holte einen Gegenstand aus der Schublade. Ich konnte nicht erkennen, was es war.

«Hast du Angst?», fragte sie.

«Noch nicht.»

Hinter der Eisentür begann ein schmaler, betonierter Gang, unter einem Bündel von Rohren musste ich mich ducken. Wir bogen links ab und betraten ein dunkelgrau gestrichenes Kabuff, Neonlicht flackerte auf. Der Boden war mit PVC ausgelegt, ein Lüftungsschacht ging nach oben. Ansonsten war der Raum leer bis auf eine Tischtennisplatte, die in der bedrückenden Enge riesig wirkte. Auf dem Grün waren ringförmige Abdrücke von Bierflaschen und Gläsern. Auf einer Ecke der Platte lagen zwei Schläger. Über den Boden verstreut Unmengen von Kronenkorken.

«Meine Leidenschaft», sagte Inka. «Eine von meinen Leidenschaften. Du kannst doch spielen, oder?»

Sie warf den Gegenstand aus ihrer Faust hoch, und er landete als Ball auf dem Tisch, hopste unentschlossen über das Netz und klackerte zu Boden.

Ich nahm einen Schläger in die Hand und senste mit dem Fuß die Kronenkorken beiseite. «Ewig nicht gemacht», sagte ich.

Das Klackern des Zelluloidballes hallte in dem winzigen Raum, dass ich anfangs meinte, zwei Bälle zu hören. Als würde irgendwo im Haus an einem anderen Tisch genau synchron noch eine andere Partie gespielt. Ich hatte Mühe, meine Bewegungen wiederzufinden. Die Tischtennisregeln tropften zähflüssig aus meiner Erinnerung zurück ins Bewusstsein. Anfangs schien Inka Rücksicht auf mich zu nehmen und spielte mir nur leichte Bälle zu. Als sie begann, die Bälle anzuschneiden, erinnerte mich das sofort an etwas sehr Unbestimmtes, an trübe Klassenfahrten oder erste Liebe oder Nachmittage unter bleischwerem Himmel. Ich selber konnte nicht schneiden, hatte es noch nie gekonnt. Auch Schmettern ging nicht am Anfang, und ich verlegte mich darauf, einfach abwechselnd präzise in die Ecken zu spielen. Es war jedenfalls leichter, als Konversation zu machen.

Als wir zu zählen anfingen, blieb es eine Weile ausgeglichen. Ich beobachtete Inkas Bewegungen und verlor darüber einige Male den Ball aus den Augen. Sie war nicht gerade schlank, aber sie bewegte sich wie jemand, der lange Zeit schlank gewesen war, oder wie jemand, der über Koordination noch nicht richtig nachgedacht hat. Ihr Gesicht leuchtete, sie hatte rote Flecken auf den Wangen. Auch zwischen den Ballwechseln ließ sie den Schläger nicht sinken. Bei jedem Schlag hüpften ihre Brüste unter dem T-Shirt, und wenn sie punktete, warf sie die Arme in die Luft wie ein Kind, das Konfetti schmeißt. Ich musste mir klarmachen, dass das alles nicht sehr aufregend war. Aber der Gedanke, dass es nicht aufregend war, war auf eine umgekehrte, irgendwie falsche Weise doch aufregend. Vielleicht war es auch der Wein, dessen Wirkung langsam einsetzte.

Ab und zu lauschte ich nach oben, weil ich meinte, ein Geräusch gehört zu haben, aber jedes Mal war es nichts, und zwischendurch vergaß ich immer wieder, warum ich überhaupt hier war.

Als Inka den ersten Satz mit 11:8 gewonnen hatte, ging sie in die Knie und machte mit dem Arm eine sägeförmige Bewegung. Es sah ein wenig unauthentisch aus, als habe sie die Bewegung von jemandem übernommen, gegen den sie im Tischtennis regelmäßig verlor. Trotzdem ärgerte ich mich.

«Du musst dir mehr Mühe geben», sagte sie.

Ich gab mir mehr Mühe, aber es half nichts. Inka ließ mich lächelnd herankommen, und im entscheidenden Moment wurden die Bälle immer länger und unerreichbar. Ich wartete angestrengt auf eine Gelegenheit zum Schmettern, aber jedes Mal, wenn ich dachte, ich hätte mich gut vorbereitet, kam der Ball noch flacher zurück als zuvor. Irgendwann schlug ich einfach zu, mit voller Kraft. Der Ball schoss hoch übers Netz und knapp an Inkas Hals vorbei. Sie machte eine hektische Ausweichbewegung, ihr freier Arm krachte unter die Tischkante.

«Spinnst du!», rief sie.

«Entschuldigung.»

Ich hob den Ball auf, der von der Wand zurückgeprallt war, und rollte ihn über die Platte. Er fiel neben Inka auf den Boden.

«Ist es schlimm?»

Sie antwortete nicht. Sie hatte sich über ihrem Arm zusammengekrümmt, sodass nur noch ihr Rücken zu sehen war. Ich nippte an meinem Wein. Dann ging ich um die Platte herum. Da kniete Inka auf dem PVC-Boden und machte merkwürdige, wimmernde Geräusche. Neben ihrem Kopf lagen die Flipflops, die sie zum Tischtennisspielen ausgezogen hatte.

«Tut mir leid», sagte ich noch einmal.

Sie reagierte nicht. Ich berührte vorsichtig ihre Schulter, da fuhr sie herum wie der Blitz.

«Ein Scherz!», sagte sie und lachte. «Ein Scherz!»

Das Lachen machte erneut kleine, speckige Grübchen auf

ihrem Gesicht. Ich hob den Ball auf, gab ihn ihr und ging zurück auf die andere Seite.

Die nächsten Sätze endeten 11:2 und 11:1. Wieder zweimal die Säge. Erschöpft setzte ich mich auf den Boden und lehnte meinen durchgeschwitzten Rücken an die Wand. Seit meinem Anruf bei der Polizei waren mindestens anderthalb Stunden vergangen. Zwischen den Ballwechseln war Inka zweimal nach oben gegangen und hatte Wein nachgeschenkt. Ich musste daran denken, dass ich nicht mehr Auto fahren konnte, falls die Polizei meinen Wagen wie durch ein Wunder heute noch wiederfinden würde.

«Du spielst nicht schlecht», sagte Inka. «Aber du spielst auch nicht gut.»

«Danke.» Ich sah zu ihr hoch. «Glaubst du, die kommen noch?»

«Wer? Klar kommen die!» Sie schob eine Hand unter ihr T-Shirt und fuhr damit langsam bis zur Achsel hoch. «Ein Wunder, dass ich überhaupt spielen kann. Ich hab noch immer diese Zerrung.»

Sie begann, die Achsel hingebungsvoll zu massieren. Bei jeder Bewegung hob sich der Saum ihres T-Shirts handbreit über den Bauchnabel. Ich konnte von unten bis zum Schlüsselbein sehen. Ich sah zur Tür. Aus dem Nebenraum kam ein dumpfes, schepperndes Geräusch. Als ob jemand Blechplatten aus niedriger Höhe fallen ließ.

«Ich muss dich mal was fragen!», sagte Inka und trat mit dem Fuß gegen meine Sohle. «Du bist nicht zufällig einer von diesen Schwulen, oder?»

«Was?»

Das Geräusch hinter der Tür wurde immer lauter und metallischer.

«Das ist nichts», sagte Inka. «Also?»

«Nein. Nicht dass ich wüsste.»

Das Geschepper ging in ein rhythmisches Klopfen über und wurde langsam wieder leiser.

Ich hob den Tischtennisschläger vor mein Gesicht und fing an, mit dem Daumennagel helle Linien in die Gummierung zu zeichnen. Einen fünfzackigen Stern, dann Strahlen um den Stern herum. Eine kleine Spirale in jede Ecke des Sterns und Strahlen um jede Spirale. Ich dachte an eine mit dampfendem Wasser gefüllte Badewanne.

«Ich könnte denen auch entgegengehen», sagte ich leise.

«Das bringt nichts.»

«Wieso bringt das nichts?»

«Entgegengehen», sagte Inka, «das bringt nichts.»

«Und *wieso* bringt das nichts?»

«Bist du gereizt?»

«Ich bin nicht gereizt», sagte ich. «Aber wenn der nicht kommt …»

«Ich sag doch, der kommt! Scharich weiß genau, wo ich wohne. Der besäuft sich erst mal, und dann macht der die Runde. Weißt du, was dein Fehler ist?» Sie schüttelte ihre Arme aus. «Dein Fehler ist, du kannst die Flugbahn nicht vorausberechnen.»

«Aha.»

Inka stemmte ihre Fäuste hoch oben in die Taille wie patente Hausfrauen in 50er-Jahre-Filmen und beugte den Oberkörper weit zu mir hinunter. Fast konnte ich in der umgekehrten Richtung durch ihr T-Shirt gucken.

«Du kannst die Flugbahn nicht vorausberechnen», wiederholte sie. «Und du bist *doch* gereizt.»

Ich schüttelte den Kopf.

«Ich spür so was.»

«Was spürst du?»

«Wenn einer gereizt ist.»

«Dann spürst du es falsch. Ich bin nicht gereizt», sagte ich gereizt.

«Du würdest mir am liebsten eine scheuern! Mein letzter Freund war genauso. Maik Tschikowski: Weltmeister im Gereiztsein. Und dann immer gleich, zack.» Sie gab sich triumphierend eine Ohrfeige.

Ihr Körper war so weit über mir, dass ich mich zur Seite drehen musste, um aufstehen zu können.

«Es macht mir nichts», sagte Inka.

«Inka», sagte ich. Ich trat einen Schritt zurück. «Ich bin dir wirklich sehr dankbar, dass ich hier telefonieren durfte. Und auch für den Wein bin ich dir –»

«Du willst jetzt nicht gehen.»

«Ich bin dir wirklich sehr dankbar –»

«Du willst jetzt nicht gehen!»

Ihr Gesicht veränderte sich. Sie starrte mich an, drehte sich dann plötzlich um und lief um die Tischtennisplatte herum auf ihre alte Position.

Einen Moment lang dachte ich, sie wolle weiterspielen – und irgendetwas in meinem Inneren erklärte sich auch sofort damit einverstanden. Stattdessen sank sie erneut hinter der Platte zu Boden und aus meinem Blickfeld. Es erinnerte mich an etwas, das ich einmal im Zirkus gesehen hatte. Gleich würde jemand kommen und die Tischtennisplatte beiseiteräumen, und Inka wäre verschwunden.

«Es macht keinen Sinn, weiter zu warten», sagte ich und wartete. Ich kratzte mich mit dem Schläger in der Kniekehle. Schließlich sah ich unter dem Tisch hindurch. Da lag sie, wie in Ohnmacht gefallen, mit dem Gesicht zur Erde. Der Brustkorb hob und senkte sich theatralisch. Ich ging um die Platte herum. Inkas Haare lagen auf der Erde, der speckige Nacken glänzte im Neonlicht.

«Inka», sagte ich.

Ich berührte sie vorsichtig an der Schulter. Diesmal hob sie ganz langsam den Kopf. Die Augen weiß und ausdruckslos, die Wangen tränenüberströmt.

«Warum immer ich», sagte sie.

Sie zog einen Flipflop zu sich heran und klopfte damit auf den Boden. Es staubte ein bisschen.

«Soll ich dir was zu trinken holen?»

Sie lehnte sich an mein Knie.

«Ich hatte mal ein Kaninchen», sagte sie.

«Ich hol dir was zu trinken», sagte ich und sammelte die Gläser ein.

«Ein Kaninchen», hörte ich noch hinter mir. «Das kam immer angelaufen, wenn man seinen Namen sagte. Glaubt mir immer keiner, aber wenn man seinen Namen sagte, kam es durch die ganze Wohnung angelaufen und machte *so*.»

Sie fing wieder an zu heulen.

In der Küche stellte ich die Gläser ab und legte den Tischtennisschläger daneben. Ich schaute auf die gelben Gummihandschuhe, die im Spülbecken lagen wie umgekrempelte Tiere. Die Weinflasche war leer, ich füllte die Gläser mit Leitungswasser. Als ich mich nach einem Handtuch umsah, klingelte es an der Haustür.

Ich lief zur Kellertreppe, stützte mich rechts und links auf dem Türrahmen ab und rief «Die Polizei!» hinunter. Und als keine Antwort kam: «Ich mach dann mal auf!»

Im Flur fand ich den Lichtschalter nicht. Ich schrammte an der Hundekommode vorbei und öffnete die Haustür. Ein bulliger Mann mit Zwei-Millimeter-Haarschnitt starrte mich aus stecknadelkopfgroßen Pupillen an. Ganz in Schwarz gekleidet, schwarzer Rollkragenpullover, schwarze Weste, schwarze Jeans, schwarze Schuhe, wie ein Schwarzer Sheriff. An seinem Gürtel baumelten ein Paar Miniaturhandschellen in Fingergröße.

«Du bist Maik», sagte der Riese. «Stimmt's?»

«Georg», sagte ich. «Bitsch. Ich habe Sie angerufen.» Im selben Moment, als ich das sagte, wurde mir klar, dass es vermutlich nicht stimmte.

«Wo ist die Kleine?»

«Unten.» Ich winkte über meine Schulter. «Im Keller.»

Er griff mit einer Hand um die Ecke und betätigte den Lichtschalter.

«Dann sind Sie nicht die Polizei?»

«Macht ihr hier Polizeispielchen oder was? Los, lass mich mal rein, du Gurke.»

Er drückte mich mit der Tür zur Seite, ging zielstrebig durch bis zur Küche und blieb vor der Kellertür stehen. Mit waagerecht ausgestrecktem Arm und einer Faust, aus der nur ein Finger senkrecht nach unten fiel, zeigte er auf die Treppe und sah mich fragend an. Ich nickte.

«Inka!», brüllte der Riese. Keine Antwort. Er beugte sich weiter vor und rief noch einmal. Stille.

«Hat sie was im Mund?»

«Ich glaube, es geht ihr nicht gut.»

«Ich hab dich was gefragt!», brüllte der Riese.

«Was?»

«Hat sie was im Mund!»

Ich zuckte die Achseln. «Wir haben … ich glaube, sie fühlt sich nicht.»

«Sie fühlt sich nicht!», wiederholte der Riese und sah mir ins Gesicht wie ein Analphabet in ein offenes Buch. Und dann noch einmal leise, wie zu sich selbst: «Sie fühlt sich nicht!»

Er holte kopfschüttelnd ein Bier aus dem Kühlschrank und öffnete es an der Tischkante. Er trank einen Schluck und zeigte mit der Flasche Richtung Keller.

«Meine Fresse», sagte er. «Die Kleine, wa. Respekt!»

In meinem Rücken spürte ich die Terrassentür. Ich stellte meinen Fuß auf einen flachen Schemel, der Schemel kippelte, und ich stellte den Fuß wieder auf die Erde.

«Wie heißt du nochmal?»

«Georg.»

«Und alt?»

«Sechsunddreißig. Aber ich weiß nicht, ob –»

«Ruhig, ruhig», sagte der Riese. Seine flache Hand schwang auf und ab. «Eins nach dem andern. Beruf?»

Ich kratzte mich am Ohr.

«Beruf!»

«Na ja, zuletzt 'ne Firma gegründet, mit meiner Frau noch. Jetzt schlag ich mich so durch.»

«Du schlägst dich so durch?»

«Das waren meine Worte, ja.»

«*Niemand* schlägt sich so durch», sagte er, und es klang wie ein Zitat aus der Rede des Arbeitgeberpräsidenten. «Sternzeichen?»

«Keine Ahnung. Erster Juni.»

«Zwilling, Mann!», rief er. «Zwilling, du Penner.»

Er holte eine Dose Schnupftabak aus seiner Westentasche

und hielt sie über Kopfhöhe. Ich verneinte, und er klopfte sich eine Prise Tabak auf den Handrücken.

«Woher kennt ihr euch?»

«Wir kennen uns nicht. Ich hab hier nur telefoniert. Ich war am Fluss da unten. Die haben mir mein Auto …»

Der Riese hörte mir nicht zu. Er beugte sich stöhnend über seine Hand, zog scharf die Luft ein und schwang den Oberkörper zurück in die Senkrechte. Auf seiner Lippe blieb eine staubige Krümelspur zurück. Er schniefte. Er rieb sich die Augen. Er sah durch mich hindurch.

«Lüg mich nicht an», sagte er.

«Was?»

«Lüg mich nicht an.»

Ich nahm meinen ganzen Mut zusammen. «Ich lüge nicht», erklärte ich. «Und Sie können auch normal mit mir reden.»

«Was?»

«Sie haben mir mein Auto geklaut.» Ich zeigte auf eine Wand, dann auf eine andere Wand, hinter der ich in einiger Entfernung den Fluss vermutete.

«Ich?»

«Sie! *Sie* im Sinne von *die*.»

«Sie? Im Sinne von die?»

«Dritte Person Plural», sagte ich, und als keine Veränderung im Gesicht des Riesen eintrat: «Die Rumänen oder wer auch immer.»

«Ach, die schon wieder! Lächerlich.» Er drehte die Tabakdose zu und schob sie umständlich in seine Hose. «Weißt du, woran man erkennen kann, wenn einer lügt? Da gibt's Tests mit Krankenschwestern. Wenn eine lügt, geht zu zweiundneunzig Prozent die Hand an die Nase. So wie bei dir eben. Die, die lügen, ohne rot zu werden, sind übrigens die besseren Krankenschwestern, das ist bewiesen. Das ist Wissenschaft. Ich könnte dir Sachen erzählen, das glaubst du nicht.» Er wischte sich mit dem Handgelenk über den Mund. Die Tabakkrümel verteilten sich auf seiner Wange.

«Und wie findest du sie?»

«Wen?»

«Die Kleine!»

Ich zögerte. «Ganz nett», sagte ich.

«Die Kleine?»

«Ja.»

«Ganz nett?»

«Ja», beharrte ich auf dem einmal eingeschlagenen Weg, und er sah mich an, als hätte ich behauptet, Mike Tyson *ganz nett* zu finden. Sein Arm beschrieb einen energischen Bogen, das Bier in seiner Hand schäumte über. Er beachtete es nicht.

«Soll ich dir mal was *Nettes* erzählen?», sagte er.

Obgleich es eine rhetorische Frage war, wartete er so lange, bis ich aufmunternd genickt hatte.

«Kennst du Spanien?»

«Nein. Nie da gewesen.»

«Spar's dir», sagte er. «Scheißland.»

Ich nickte.

«Meine Meinung! Kennst du Schweden?»

Ich verneinte abermals.

«Dasselbe», sagte er. «Lang nicht so scheiße wie Spanien. Aber allein die Leute, und dann das Essen, die dämlichen Straßenschilder, die Kackmusik. Egal, was wollte ich sagen?»

«Irgendwas mit nett?»

«Genau!» Er kratzte sich an der Wange, schaute auf seine Fingerspitzen und kratzte dann systematisch weiter, als würde er ein Beet harken. «Die Kleine musste da ja unbedingt hin, nach Spanien. Aber was soll's. Jedenfalls, in den Pyrenäen – wir waren ja überall. Erst hier und da und am Strand und dann in den Pyrenäen. Weil, wenn schon scheiße, dann überall gleich scheiße, also egal.» Er brütete eine Weile vor sich hin, als hätte er erneut den Faden verloren. «Und dann war da dieser Berg. So ein heiliger Berg. Mit Kloster drauf und Mönchen.» Er zeichnete eine Zickzacklinie in die Luft. «Du weißt, was Mönche sind?»

Ich nickte.

«Nicht, was du denkst!», sagte er. «Ich meine *richtige* Mönche. *Heilige* Mönche, mit Schweigegelübde, dreißig Jahre kein Wort und so. Und du kennst die Kleine, die natürlich begeistert. Also, wir da rauf auf den Berg. Fünftausend Meter oder was, keine Seilbahn, und ab einer bestimmten Höhe hatte es da zwei getrennte Pfade zum Gipfel. Einen für Männer und einen für Frauen. Wir natürlich beide den für Frauen, und als wir oben sind» – er starrte mich an –, «ist Inka zu so 'nem Typ und zeigt mich an. Zack, haben die mich ins Tal gefahren, zwei Nächte hab ich in einer stinkenden Zelle verbracht. *Ganz nett!*» Er fing an zu lachen. Er bekam einen richtigen Lachanfall. Als ich freundlich zurücklachte, wurde er wütend. «Keine Ahnung hast du, Mann! Null. Null!»

Sein Blick fiel auf den Tischtennisschläger auf der Spüle. Er hob ihn ins Licht und betrachtete aufmerksam das Muster mit den Sternen und Spiralen drauf.

«Was ist das denn?»

Er drehte den Schläger hin und her, begutachtete ihn

von allen Seiten und warf ihn dann nachdenklich von der rechten in die linke Hand und von der linken wieder in die rechte, als wüsste er nicht wirklich etwas damit anzufangen, und dann plötzlich – mit einer Behändigkeit, die ich ihm nicht zugetraut hätte – machte er einen Karatesprung in die Luft und auf mich zu. Er landete einen Zentimeter vor meinen Füßen. Die Hand mit dem Schläger weit ausholend hinter sich, die andere Hand, um Gleichgewicht bemüht, ruderte als Deutscher Gruß in der Luft.

«Ich mach dich platt!», rief er und federte auf und ab. «Ich nehm dich auseinander, wenn ich will. Ich nehm jeden auseinander!»

«Das kann ich mir vorstellen», sagte ich, an die Wand gepresst.

«Das kannst du dir vorstellen! Du bist 'n Witzbold, oder?» Er durchbohrte mich mit seinen Stecknadelkopf-pupillen. «'n Witzbold, oder? Ich sag dir was! Wenn ich will, dass du 'n Witz machst, sag ich dir zwei Wochen vorher Bescheid, okay?»

«Okay», sagte ich. Ich streckte meine Hand nach dem Wasserglas aus. Der Riese unterbrach meine Armbewegung mit seinem Körper.

«Wenn ich will, dass du 'n Witz machst, geb ich dir 'n Groschen, und du erzählst ihn einer Parkuhr, okay?»

«Okay.»

«Ich sag dir was!», sagte er. «Und ich sag es nur einmal!»

Er stand direkt vor mir und schlenkerte mit dem Tisch-tennisschläger vor meinem Gesicht herum. Dann ließ er ihn mitten in der Bewegung los. Der Schläger segelte in Zeitlupe über seine Schulter und landete krachend in einem Regal neben dem Fenster.

«Denk mal drüber nach!», rief er.

Dann holte er sich ein neues Bier aus dem Kühlschrank und ging zur Kellertreppe. Zeigefinger auf den Küchenfußboden: Du wartest hier.

Ich sah ihm nicht nach. Ich hörte seine Schritte auf den Stufen leiser werden und verschwinden. Dann hörte ich die Eisentür unten zuschlagen, gefolgt von einem kleinen Schrei. Ich strich mir die Haare aus der Stirn. Ich zupfte an meinem verschwitzten Pullover.

Irgendwann öffnete ich die Terrassentür. Es war jetzt merklich kühler geworden. Ich lauschte in die Nacht hinaus. Das schreiende Tier war verstummt. Dreieckige Wolkenfetzen zogen über den Himmel, nur erkennbar daran, dass Cluster von Sternen erloschen. Ich ging bis zum Rand der Kiesgrube vor und dann daran entlang, dann rechts durch den Wald. Nach einer Weile merkte ich, dass ich noch immer das Wasserglas in der Hand hielt, stellte es auf einem Baumstumpf ab und ging weiter.

Herrlich, diese Übersicht

Am Rand der Stadt geht es zwischen Roggenfeldern hindurch. Die Straße taucht in großen, frisch geteerten Bögen auf und ab, schließlich biegt das Taxi links ein. Hinter Kiefern und Strommasten stehen alte Einfamilienhäuser. Der Fahrer hält in der Mitte der Straße, und eine junge Frau in einem langen schwarzen Kleid steigt aus. Sie stellt einen Bilderrahmen auf die Straße, lehnt ihn gegen ihre Wade und streicht mit beiden Händen ihr Kleid von oben nach unten glatt. Über der Brust hat das Kleid ein kleines elliptisches Fenster, wie das Heckfenster eines alten VW Käfer. Es ist ein warmer Abend.

Sie bezahlt den Taxifahrer und geht leicht vorgebeugt, als wäre sie ein wenig kurzsichtig, auf zwei weiße Einfamilienhäuser zu, beide ohne Hausnummer. Sie entscheidet sich nach kurzem Zögern für das größere mit den herabgelassenen Jalousien. Ein Mann im beigen Cordanzug öffnet. Hinter ihm im Windfang stehen noch zwei weitere Männer mit kahlrasierten Schädeln, jeder eine Flasche Bier in der Hand. Aus der Tiefe des Hauses kommt ein stampfender Bass.

«Wir kaufen nichts», sagt der Cordanzug. Er sieht bis auf die Füße der Frau hinunter, dann wieder hinauf bis zu dem elliptischen Fenster. Er ist offensichtlich betrunken.

«Hier wohnt Christine?», fragt die junge Frau.

«Wer?»

«Christine Bitsch.»

«Kenn ich nicht.»

«Wer wohnt hier?», ruft einer der beiden anderen.

Der Cordanzug zuckt die Achseln. «Bitsch», sagt er. Er steckt einen Finger seitlich in den Mund, wie um Essensreste zu entfernen, und starrt die junge Frau an. Sie drängt sich an den Männern vorbei in die Wohnung.

Auf der Treppe im Flur stehen Umzugskartons. An den Wänden hängen Bilder über rechteckigen Flecken von früheren Bildern. Durch eine angrenzende Tür ist Stimmengewirr zu hören. Die junge Frau betritt einen großen Raum, in dessen Mitte ein Buffet steht. Sie sieht sich mit zusammengekniffenen Augen um. Dreißig, vierzig Leute auf den ersten Blick.

«Lydia!», ruft jemand.

«Christine», sagt die junge Frau erleichtert. «Für dich.»

«Ich dachte schon, du kommst nicht mehr. Weißt du, was Franco gesagt hat?» Christine wirft einen flüchtigen Blick auf die gerahmte Zeichnung. «Das hätt's doch nicht gebraucht.»

Sie umarmt Lydia, küsst sie links und rechts auf die Wangen, und Lydia sagt: «Ich hoffe, es sind nicht nur Leute aus der Firma da?»

«Ich dachte, ich mach euch alle mal bekannt.»

«Und dein neuer Freund?»

«Was ist mit dem?»

«Ja, weiß ich nicht?»

«Kommt noch», sagt Christine und geht um das Buffet herum. Sie hält das Bild mit beiden Händen hoch, dreht es kurz zur Ansicht, als sie an einer Gruppe von vier, fünf Leuten vorbeikommt, und stellt es zu den anderen Geschenken auf den Fußboden.

«Bier oder Wein?»

«Bier», sagt Lydia. «Hätt ich nicht gedacht, dass es so abseits ist. Wirklich auf'm Land.»

«Radeberger oder Beck's?»

«Radeberger. Und du musst die Männer an der Rampe mal auswechseln lassen. Ich wär fast nicht reingekommen.»

«So, wie du aussiehst?» Christine schaut zur Tür. «Das sind Freunde von Henri, glaub ich, der Friedrichshainer Mob. Einer von denen macht die ZIA, der mit der Glatze.»

«Das sind alles Glatzen.»

Christine öffnet mit dem Feuerzeug eine Bierflasche, drückt mit der Hüfte eine Geschirrschublade zu und übergibt Lydia die Flasche. Dann legt sie einen Arm um Lydias Schulter und zieht sie zu einer Gruppe von Leuten.

«Lebt wohl, wir erfrieren!», sagt ein Mann mit kurzen braunen Haaren. «Dann die SMS: Der Pilot ist betrunken. Dann die Meldung, dass der Steward das Flugzeug landen will, und auf RTL der Experte redet von Außerirdischen.»

«Das ist Cornelius», sagt Christine, mit dem Blick in die Runde deutend. «Jannis, Dings –»

«Genau, Dings.»

«Genau, Dings, und Henri kennst du ja. Und Marie. Und das ist Lydia, die schönste Frau der Welt.»

«Tolles Kleid», sagt Cornelius.

«Das versteh ich nicht. Wenn die da oben erfrieren, warum versucht nicht einer, die Maschine tiefer zu fliegen?»

«Und ich möchte nicht, dass auf dem Tisch da gekokst wird», sagt Christine.

«Ich hab nicht gekokst.»

«Ich *möchte* es nicht.»

«Seit wann genau wohnst du eigentlich hier?», fragt Marie. Sie hält eine Zigarette mit einem langen Stück Asche senkrecht zwischen zwei Fingern und schaut suchend auf dem Boden umher, dann wieder zu Christine. «Ich meine, willst du uns nicht mal das Haus zeigen?»

«Nein, will ich nicht.»

«Warum denn nicht?»

«Guck dir an, was du willst, Marie», sagt Christine. «Der Keller steht unter Wasser, der Rest sieht aus wie hier, und Obergeschoss kann man sich sparen, da wohnt mein Sohn.»

«Du hast einen Sohn?», sagt Cornelius überrascht. «Seit wann hast du einen Sohn?»

«Willst du uns den etwa vorenthalten?», fragt Marie und kichert.

Christine nimmt, ohne zu antworten, einen großen Schluck aus der Bierflasche.

Der Mann, der neben Marie steht, hält ihr einen Kronenkorken hin, und sie drückt ihre Zigarette darin aus.

«Es interessiert mich wirklich», sagt Marie.

«Dann schau's dir an.»

«Und oben?»

«Was ist mit oben?»

«Telefon!», ruft eine ältere Frau und hält den Hörer in Höhe ihres Bauchnabels, ohne hineingesprochen zu haben. Christine geht mit waagerecht ausgestrecktem Arm auf sie zu, und Henri, der neben Marie steht, sagt leise zu Marie: «Sprich sie besser nicht drauf an.»

«Worauf an?»

«Egal.»

«Sie hat doch angefangen. Ich hab nur gefragt, ob sie uns mal das Haus zeigt –»

«Egal, kleine Praktikantin, egal.»

Lydia schaut mit zusammengekniffenen Augen zur Terrasse, wo zwei Männer damit beschäftigt sind, den Grill anzuzünden oder zumindest Stichflammen von guter, bürgerlicher Qualität zu produzieren. Der jüngere, sehr attraktive Mann trägt einen gelben Trainingsanzug mit violetten Streifen.

«Wo ich dein Kleid seh», sagt Henri zu Lydia. «Weißt du, was Christine gestern gesagt hat?»

«Nein. Will ich auch nicht wissen.»

«Sie hat gesagt –»

«Ich weiß, was sie gesagt hat», sagt Lydia, beißt einen Niednagel ab und schaut weiter zur Terrasse.

«Was hat Christine denn gesagt?», fragt Marie.

«Mein Gott!», sagt Christine. Auf dem Weg vom Telefon zurück hat sie sich eine Zigarette geschnorrt und hinters Ohr geklemmt. Sie wirft eine Hand in die Luft. «Warum rufen die dauernd an, wenn die sich verfahren? Können die keine Straßenschilder lesen?»

«Es gibt hier keine Straßenschilder», sagt Cornelius. «Arsch der Welt.»

«Du hast keine Ahnung. Das ist das Paradies.»

«Wer ist denn das da in dem gelben Trainingsanzug?», fragt Lydia.

«Ich hab auch Leute aus dem Studium eingeladen.»

«Da fällt mir ein», sagt Marie, «Entschuldigung, dass ich unterbreche – aber Franco hat mir erzählt, dass da jetzt ein Rabbi auftauchen soll.»

«Ein Weihnachtsmann und ein Rabbi», sagt Henri und räuspert sich. «Beide tragen genau dieselben Bärte, und dann gehen sie durch diesen Metalldetektor am Flughafen –»

«O Gott», sagt Lydia, «das lag heute Morgen auf meinem Schreibtisch. Wer hat sich denn *den* Schwachsinn ausgedacht?»

Sie schaut in die Runde, alle Blicke wandern zu Christine.

«Das war nur mal so eine Idee», sagt Christine. «Als Idee fand ich das ganz lustig, aber das machen wir nächste Woche. Erst mal muss die Barmer raus.»

«Franco fand es phantastisch», sagt Marie. «Ich hab's ja nicht gesehen, aber Franco –»

«Franco», sagt Henri.

«Was macht der eigentlich immer im Text?», sagt Christine.

«Also, wenn ihr mich fragt», sagt Marie, «ich weiß nicht, wie er das mit dem Mac jemals schaffen soll, aber er hat *unglaublich* tolle Ideen. Finde ich.»

«Leider nicht im richtigen Leben», sagt Henri und sieht zur Terrasse, wo ein schlaksiger Mann neben einer Brünetten herumschwankt. Die Brünette hat ein Bein angewinkelt und untersucht mit der linken Hand ihren Schuh, während der Schlaksige mit hochkomplizierten Armbewegungen auf sie einredet.

«Das ist der Unterschied zwischen *Wille* und *Vorstellung*», synchronisiert Lydia seine Lippenbewegungen.

«Du bist so gemein!», sagt Marie.

«Habt ihr mal seine Ex gesehen?», fragt Henri. «Die hab ich mal … die war mal hier. Mein lieber Mann.»

«Das hat so seine eigene Niedlichkeit», sagt Lydia. «Wie

diese Tiere in den Tierfilmen, wenn sie Intelligenzaufgaben lösen. Da wird jeder Hebel einmal gedrückt.»

«Und wer ist die Brünette?»

«Kindergartenfreundin von mir», sagt Christine. «Heidi. Ziemliches Gerät.»

«Heidi? Im Ernst?»

«Jap. And it's the name that helped to make her strong. Sie hat auch noch Geschwister, die heißen alle so: Hendrik, Holger, Helga, Henriette, wie bei Goebbels.»

«Cool.»

«Ihr Bruder ist dieser Wahnsinnige aus der BZ.»

«Ihr könnt einem wirklich manchmal auf die Nerven gehen», sagt Marie. «Ich möchte nicht wissen, wie ihr über mich redet, wenn ich nicht dabei bin.»

«Das würden wir dir auch nicht sagen, Hase», sagt Henri.

Marie zögert einen Moment zu lang, bevor sie in Lachen ausbricht. Sie fährt sich mit gespreizten Fingern durchs Haar und sagt dann entschlossen zu Christine: «Ich würd mir jetzt trotzdem gern mal das Haus angucken. Seit ich diese Statiksache gemacht hab –»

«Wenn du das hier gesehen hast, hast du alles gesehen.»

«Und oben?»

«Wie gesagt», sagt Christine. «Schau's dir an. Wenn du seelisch stabil bist.»

«Was?»

«Wenn du dich für Jackson-Pollock-Zitate aus kalten Bauern interessierst.»

«Was soll das denn heißen?»

«Welchen Teil von kalte Bauern hast du nicht verstanden, Marie?»

«Versteh ich nicht», sagt Marie. «Versteht ihr das?»

«Keiner versteht das», sagt Lydia und seufzt.

Christine knibbelt ein Stück Alufolie von ihrer Bierflasche und schlenkert es vom Finger.

«Wahrscheinlich ist oben nicht aufgeräumt», sagt Marie und lächelt.

«Marie», sagt Lydia.

«Das ist halt so mit vierzehn», sagt Henri.

«Elf», sagt Christine. «Elf. Und ich meine, er hat den ganzen Tag die Hand in der Hose. Wenn er überhaupt eine Hose anhat. Wenn er noch jedes Mal ›Wie war ich?‹ rufen würde, wär er von seinem Vater nicht mehr zu unterscheiden.»

«Du bist ja schrecklich!», sagt Marie.

«Ich bin nicht schrecklich. Ein Zimmer, aus dem eine Riesenlawine klebriger Taschentücher durchs Haus quillt, ist schrecklich. Neulich klebte eins an seinen Socken, da lief er so mit rum.»

«Ich will das Haus gar nicht sehen», sagt Lydia, «aber gibt es hier irgendwo eine Toilette?»

Sie tastet nach dem Lichtschalter. Ein Strahler beleuchtet einen renovierungsbedürftigen Raum. Auf dem Waschbecken liegen ein Karton Füllspachtel und ein dünner, schwarzer Filzstift. Auf dem Spiegel über dem Waschbecken hat sich jemand damit verewigt: *Cosic ist Clausens Analdildo.* Darunter ein ironisches 70er-Jahre-Strichmännchen, das mit Nase und Händen über einen Strich lugt. Weiter unten steht in anderer Schrift: *Henri liebt Schafe. Richard ist schwul. Lydia fickt voll gut.* Die Tinte auf dem Glas ist zu winzigen Kügelchen zusammengelaufen. Lydia stützt sich mit beiden

Händen auf dem Waschbecken ab, ihre Schulterblätter wandern unter dem Kleid wie dunkle Eisschollen. Hinter der Tür sind die Stimmen der drei Männer zu hören, die noch immer im Windfang stehen, es ist hellhörig. Schirrmacher und Casati, hört Lydia, Missbrauch von Heeresgerät. Bevor sie die Toilette benutzt, dreht sie den Wasserhahn auf.

Als sie zurückkommt, steht Franco neben Christine und sagt: «Das ist normal. Das ist so.» Er unterbricht sich, als er Lydia bemerkt, wirft die Arme in die Luft und simuliert einen Ohnmachtsanfall. «Die Frau Miller, welche Ehre!»

«Herr Cosic, ganz meinerseits.» Lydia macht einen albernen Knicks.

«Dein Bier», sagt Henri.

«Ist es normal», sagt Christine, «dass ich mich nicht in mein Schlafzimmer traue? Ist es normal – soll ich mal erzählen, was neulich passiert ist, als ich von der Arbeit zurückgekommen bin?» Sie nimmt einen Zug aus der Zigarette und hält sie einen halben Meter von sich weg. «Ich komm zwei Stunden früher nach Hause und geh die Treppen rauf, da hängen vier Schlaufen von der Decke.» Christine zeichnet mit den Händen zwei Säulen in die Luft. «In seinem Zimmer gibt es so eine Bodenklappe, die auf den Speicher führt, und da hängen von allen vier Ecken Seile runter mit Schlaufen. Der ganze Teppich ist mit Zeitung ausgelegt. Und davor steht sein Fernseher, und eine Nachmittagsquizsendung mit der Dings – wie heißt die? Sonja Zietlow?» Christine sieht Henri an.

«Zietlow, kann sein.»

«Wie findest du die?», fragt Christine.

«Weiß nicht. Ich weiß ja nicht mal, ob ich die Richtige meine.»

«Jedenfalls eine dumme Nuss», sagt Christine und bewegt die Finger an ihren Händen, als seien sie mit etwas Klebrigem, mit Marmelade verschmiert. «Trägt immer so Wurstpellen als Oberteile.»

«Was für Schlaufen?», sagt Marie. «Wo war Paul?»

«Unter der Dusche. Paul hat geduscht. Als ich das gehört hab, bin ich gleich rückwärts wieder raus und erst mal eine Runde um den Block und einkaufen, damit er Zeit hat, das abzubauen. Wenn ich jetzt nach Hause komm, schlag ich die Tür immer extra laut zu, damit man meine Existenz bemerkt, und auf der Treppe stampfe ich mit den Füßen wie ein Blauwal.»

«Wie ein Blauwal?», fragt Marie. «Füße wie ein Blauwal?»

«Marie», sagt Lydia.

«Das wächst sich zurecht», sagt Henri.

«Natürlich», sagt Christine und drückt Daumen und Zeigefinger gegen ihre Augen. «Und sonst kann er immer noch am Hauptbahnhof sein Geld verdienen.»

«Du bist ja schrecklich!», sagt Marie.

«Was Marie sagt», sagt Henri.

«Immerhin hat sie ihren Humor nicht verloren», sagt Franco.

«Da hat sie nicht viel nicht verloren», sagt Henri und zieht sein Hemd mit zwei Fingern nach vorne, um einen Rotweinfleck zu betrachten. Er knöpft sein Jackett über dem Rotweinfleck zu, sieht Christine an und sagt: «Entschuldigung.» Und nach einer Pause: «Ich kann mich nicht erinnern, wie das bei mir damals war.»

«Ich schon», sagt Franco.

«Der Sohn von meinem Schwager kommt jetzt auch in

die Pubertät», sagt Marie. «Und hat diese Angewohnheit mit den Haaren. Und dann noch die laute Musik, und was die Kleidung betrifft –»

«Das hast du heute Morgen schon erzählt.»

«Ja, aber mein Schwager rastet aus, der nimmt das nicht so cool wie Christine.»

«Was nehme ich cool?»

«Der rastet aus», wiederholt Marie. «Der rastet regelrecht aus. Ich meine, wenn es da mal Sodom und Gomorrha gibt –»

«Das ist was anderes», sagt Lydia. «Und du hast es wirklich heute Morgen schon erzählt.»

«Das ist überhaupt nichts anderes! Ich meine, in dem Alter … und das hab ich überhaupt nicht heute Morgen schon erzählt, ich war heute Morgen gar nicht da. Ich war bei Holm und hab Sachen abgegeben. Und mit seiner lauten Musik, mit diesen Haaren, ich meine … jetzt habe ich den Faden verloren.»

«Sodom und Gomorrha.»

«Was ist das denn?», sagt Franco. Er hakt einen Zeigefinger unter den Träger von Christines Kleid, zieht ihn vorsichtig zur Seite und legt einen tätowierten Schmetterling frei. Die Tätowierung ist dunkel und glasklar, als ob sie erst vor kurzem gestochen worden wäre.

«Ein Geschenk», sagt Christine und rückt mit der Schulter das Kleid wieder zurecht.

«Jedenfalls verstärkt man so nur seine Protesthaltung», sagt Marie.

«Du hättest Psychologie studieren sollen», sagt Lydia.

Franco legt erneut den Schmetterling frei. Er bleckt die Zähne und beugt sich in Zeitlupe über Christines Schulter, als ob er hineinbeißen wolle – und beißt dann auch hinein. Kreischend springt Christine zurück, die Zigarette fällt ihr aus der Hand. Franco bleibt an ihrer Schulter hängen und macht Geräusche wie ein japanisches Zeichentrickmonster. Christines Bewegungen werden schnell theatralischer, ihre Schreie spitzer, während sie rückwärts über die Tanzfläche flieht und im Garten verschwindet, Godzilla im Schlepptau.

«Das ist also eure Chefin», sagt Cornelius stirnrunzelnd.

«Findest du das dumm, was ich sage?», fragt Marie.

«Es ist was anderes, hab ich gesagt.» Lydia hebt die Zigarette vom Parkett auf und wischt mit der Schuhspitze über das Holz.

«Das ist überhaupt nichts anderes. Da gibt es Studien, das kannst du alles nachlesen bei Alice Miller.»

«Ich muss jetzt mal was essen.»

«Du findest das dumm, was ich sage, oder?» Marie hält Lydia fest. «Findest du das dumm? Soll ich lieber überhaupt nichts mehr sagen?»

«Marie», sagt Lydia.

«Was denn!», sagt Marie. «Ihr müsst nicht denken, dass ich das nicht *merke*. Ich weiß auch, dass ich vielleicht nicht den höchsten IQ habe in der Firma, aber ich bin auch nicht völlig – ich hab mein Abitur mit Einskommaneun gemacht. Ihr müsst nicht immer so *verdammt* eingebildet sein.»

«Wer ist ihr?»

«Was?»

«Ich habe gefragt, wer *ihr* ist. Außer mir ist keiner mehr da.»

«Das hab ich auch schon gemerkt. Was soll die blöde Frage?»

«Was für eine blöde Frage? Du hast gesagt, ihr müsst nicht so eingebildet sein, und ich habe gefragt, wer ihr ist.»

«Das ist typisch.»

«Was ist typisch?»

«Kann sein, dass ich empfindlich bin», sagt Marie, «ich bin *auch* empfindlich. Aber ich hab keine Lust auf diese, auf dieses – diese Spitzfindigkeiten. Das kotzt mich an. Im Gegensatz zu euch tut es mir nämlich *leid*. Ihr könnt ja über alles lachen. Ihr könnt wirklich über alles lachen. Aber ich finde das schlimm, mit ihrem Sohn. Schlimm!»

«Wir dagegen finden es natürlich super», sagt Lydia und schaut hilfesuchend zu Henri, der rückwärts in einen Ledersessel gesunken ist.

«Nein, es lässt euch kalt», sagt Marie.

«Gut, es lässt mich kalt. Ist jetzt Ruhe im Karton?»

«Tolles Kleid», sagt jemand in die Gesprächspause hinein. «Ich wollte nicht stören.»

Es ist der Mann in dem gelben Trainingsanzug. Er hat einen Pappteller in der Hand, auf dem ein gegrilltes Steak und Dressings wie auf einer Palette angeordnet liegen. Eine Gabel hat er nicht.

«Kennen wir uns?», fragt Lydia.

«Wir haben uns mal bei Cornelius gesehen.»

«Ich hab kein Personengedächtnis.»

«Wir standen in der Küche und haben Sachen aus dem Fenster geworfen. Sein Geburtstag.»

«So was vergisst man doch nicht», sagt Marie, einen Handballen an ihr Auge gepresst.

«Ich hab auch kein Sachen-aus-dem-Fenster-schmeiß-Gedächtnis. Wenn ich betrunken bin, vergess ich fast alles.»

«Betrunken warst du, das ist richtig.»

«Dann ist eine Verwechslung ja praktisch ausgeschlossen.»

«Wo ist denn jetzt eigentlich dieser neue Freund?», sagt Henri zu niemand Bestimmtem.

«Christines?», fragt der Trainingsanzug. «Kommt nicht.»

«Sie hat ihn doch eben noch angerufen.»

«Sie ruft ihn alle zehn Minuten an. Seit halb acht.»

«Vielleicht sollten wir ihm auch nochmal Bescheid geben?»

«Tolle Idee», sagt Marie. «*Tolle* Idee.»

Ein leichter Wind weht herein, jemand hat die Fenster geöffnet. Die Musik ist lauter geworden. Im Hintergrund tanzen Christine und Franco, als wären sie noch immer Zeichentrickfiguren. Lydia nimmt das Telefon ab und drückt die Wahlwiederholung. Sie zögert einen Moment und presst den Hörer gegen ihre Brust. «Er heißt Bleistein.»

«Vorhin hieß er noch Arschloch.»

«Klingt vielversprechend», sagt Lydia und fängt an, auf den Anrufbeantworter zu sprechen. «Sie kann ja nicht immer Pech haben.»

«Erinnert ihr euch noch an den Bärtigen?», fragt Henri.

«O Gott, der Bärtige», sagt der Trainingsanzug.

«Was macht ihr denn da?», ruft Christine von der Tanzfläche. Sie sieht von Lydia zu Henri, dann wieder zu Lydia. Marie macht ein beleidigtes Gesicht und schweigt.

Zwei Sekunden lang steht Christine still. Dann macht sie die Lokomotive, fährt einmal um Franco herum und lacht. «Ich weiß genau, was ihr da macht», ruft sie und wirft die Arme um Francos Hals und fährt mit dem Oberschenkel an seiner Hüfte hoch. Sie verliert fast das Gleichgewicht. Franco kann sie im letzten Moment halten.

«Jetzt hast du Scheiße gebaut», sagt Henri leise.

«Was hab ich denn gemacht?», fragt Lydia.

«Christine ist schon den ganzen Abend schlecht drauf.»

«Weil der nicht kommt?»

«Und dass du ihr den Rabbi reinwürgen musstest.»

«Das wusste ich nicht, dass das von ihr ist. Ehrlich.»

«Wenn so ein Mist durch die Abteilung läuft, ist das *immer* von ihr. Solchen Mist musst du ignorieren.»

«Aber wir stellen doch nur Mist her.»

«Deshalb ist sie ja auch die Chefin.»

«Keine Geheimgespräche!», ruft Christine, die aufgehört hat zu tanzen. Hinter ihr sinkt Franco erschöpft auf einen Stuhl und wischt sich imaginäre Schweißperlen von der Stirn. Christine geht auf den Sessel zu, in dem Henri sitzt, zögert kurz und lässt sich dann auf seinen Schoß fallen.

Aus den Lautsprechern kommt ein lautes Knacken, gefolgt von Rauschen, dann nichts mehr.

«Und was ist das eigentlich für eine Scheißmusik?», ruft Christine.

In der Stille sind Schritte aus dem Treppenhaus zu hören, ein Junge erscheint in der Türöffnung. Für den Fall, dass er es nicht über alles liebt, angestarrt zu werden, hätte er sich einen ungünstigeren Moment für seinen Auftritt nicht aussuchen können. Er ist relativ klein, fast pummelig. Er trägt eine Zahnspange, Brille, altmodisch geschnittene Haare und ein schwarzes Sweat-Shirt mit dem Aufdruck *Ruderclub Kranich e. V.* Seine Arme hängen angestrengt herab.

«Ah, der Kronsohn», sagt Lydia und lächelt. Marie winkt freundlich, Cornelius kratzt sich mit einer Kuchengabel am Bauch. Der Junge bleibt unter dem Türsturz stehen.

«Komm her», sagt Christine. «Wir wollen dich alle gern kennenlernen.»

«Ich muss weg.»

«Jetzt?»

Seine schmalen Schultern wandern in Zeitlupe hoch und wieder runter.

«Hast du schon gegessen?»

Er schüttelt den Kopf.

«Bedien dich», sagt Christine und zeigt zum Buffet.

Paul macht ein paar Schritte vorwärts in den Raum. Ohne allzu große Eile nimmt er einen Teller vom Buffet und hält ihn wie eine Sonde über die einzelnen Speisen. Die Musik geht wieder an.

«Der Lachs ist ausgezeichnet», sagt Christine. «Aber Lachs magst du ja nicht.»

«Das ist meine CD», sagt Paul und tippt mit dem Zeigefinger auf den Rand einer Salatschüssel, sodass die Salatschüssel auf der anderen Seite hochkippt.

«Da ist Ei drin», sagt Christine.

«Sonst noch?»

«Dahinten auch Ei. In der blauen Schüssel Zwiebeln, da Muscheln und Sojasprossen. Bei den beiden sind Pilze dabei und da so glibbriges Zeug. Der Rest könnte genießbar sein.»

Pauls Gesicht ist völlig ausdruckslos, sein Blick festgeschweißt auf dem Buffet. Er reißt zuerst ein Stück Brot ab und füllt sich dann umständlich Salat auf den Teller, wobei er alles, was weiß oder durchsichtig ist, mit dem Zeigefinger zurück in die Schüssel schnipst. Der Vorgang dauert mindestens zehn Minuten, dann wendet er sich mit halb vollem Teller dem Esstisch zu. Der einzige Stuhl, der noch am Esstisch steht, ist von einer Frau in einem langen schwarzen Kleid besetzt.

«Du ruderst?», fragt die Frau.

Pauls Blick bleibt an dem elliptischen Fenster über ihrer Brust hängen. Er kneift die Augen übertrieben zusammen.

«Solche Sweat-Shirts schenkt ihm sein Vater, der große Kanufahrer», ruft Christine von der Tanzfläche.

Paul pocht unschlüssig mit der Gabel auf den Tisch und setzt sich dann auf den Boden, direkt neben den Tisch, Rücken zur Heizung. Er stellt den Salatteller auf seine angewinkelten Knie und schaut sich eine Weile unzufrieden um, dann stellt er den Teller wieder neben sich auf den Boden. Mit einer geübt wirkenden Drehung um die eigene Achse stützt er über den Teller hinweg und kommt unter dem Tisch zu sitzen, mit dem glücklichen Gesichtsausdruck eines Menschen, der die Welt aus einer abenteuerlichen Perspektive betrachtet. Möglicherweise auch mit dem Gesichtsausdruck eines Mannes, der gerade Amerika entdeckt hat.

«Du ruderst also nicht?», fragt die Frau.

Ihre Hüfte im schwarzen Kleid ist auf die vordere Stuhlkante gerutscht, ihr Körper geht in einer Parabel nach oben. Rippenbögen und Brust sind im Profil zu sehen, ein nackter, angewinkelter Arm, der ein Glas mit bernsteinfarbener Flüssigkeit auf dem Oberschenkel hin und her schiebt, der Kopf ist von der Tischkante abgeschnitten. Unter der zweiten, vorderen Tischkante hindurch ist ein Panorama aus ebenfalls kopflosen Körpern zu sehen, die tanzen, wie Erwachsene tanzen. Dritte Tischkante Wand.

«Ich spiel Schach», sagt Paul und stellt den Teller zurück auf seine Knie.

«Verein oder Computer?»

«Computer.»

«Und bist du gut?»

«Zweitausendeinhundertfünfzig.»

Paul hebt mit der Gabel ein Salatblatt an, unter dem es durchsichtig hervorschimmert, und stochert das Durchsichtige auf den Tellerrand. Dann hält er inne und blickt mit gerunzelter Stirn zur Seite, als erwarte er eine Verständnisfrage. Aber die Frage kommt nicht. Stattdessen sieht er, wie das Glas auf dem Oberschenkel aufhört zu wandern.

«Guck mal, deine Mutter.»

Er wendet sich wieder der vorderen Tischkante zu. Auf der anderen Seite des Raumes, knapp vor der Terrassentür, steht Christine in ihrem weißen Kleid. Es sieht aus, als wolle sie sich etwas mit einer Hand vom Körper reißen und als werde sie nur durch einen großen inneren Widerstand daran gehindert. Sie hebt abwechselnd Füße und Arme, als wäre sie wie eine Marionette an vier Fäden aufgehängt. Vor ihr stehen zwei junge Frauen und biegen sich vor Lachen.

«Die spinnt ja auch», sagt Paul. Er beugt den Oberkörper vor, um besser sehen zu können. «Was macht die denn da?»

«Tja.»

«Vielleicht erzählt sie einen Witz», sagt Paul und kneift erneut die Augen zusammen. Er wartet, bis die Performance seiner Mutter beendet ist, und lehnt sich dann mit Schwung zurück an die Heizung. «Ich versteh ja keine Witze.»

«Gar keine? Oder nur die von deiner Mutter nicht?»

«Gar keine. Darf ich Ihnen mal eine Frage stellen?»

Paul sieht auf die Füße der Frau, die in schwarzen Riemchensandalen stecken.

«Was machen Sie, wenn Sie mit dem Flugzeug fliegen? Und dann stürzt es ab.»

«Sterben.»

«Und vorher?»

«Beten.»

Paul nickt. Er schiebt ein Salatblatt in seinen Mund, kaut zwei-, dreimal und hält wieder inne. «Ich würde auf die Tragfläche klettern. Und einen Meter über der Erde hochspringen.»

«Und dann?»

«Ich würde als Einziger überleben.»

«Oh.»

«Wenn ich nochmal was fragen darf.» Paul beugt sich erneut zu den Riemchensandalen hinunter. «Sind Sie Marie Leydendecker?»

«Das ist die Blonde da, schräg hinter deiner Mutter.»

«Und Sie?»

«Lydia», sagt Lydia.

Eine abgeschnittene Anzughose läuft vor der vorderen Tischkante entlang und bleibt stehen. Eine raue, betrunkene Stimme sagt: «Wo ist Henri?»

«Vor zehn Minuten im Garten», antwortet Lydia.

Die Anzughose bewegt sich nicht.

Irgendwann sagt Lydia: «Was soll das werden, wenn's fertig ist?»

«Ich suche – Henri.»

«Und seh ich ihm irgendwie ähnlich?»

Es dauert einige Sekunden, bis die Anzughose langsam und wie ferngesteuert wieder davonmarschiert.

«Georg …», sagt Lydia, als habe sie den Faden verloren. «Was ist eigentlich mit Georg?»

«Was ist mit dem?», fragt Paul.

«Ja, weiß ich nicht.»

«Ob der noch kommt?»

«Zum Beispiel.»

«Glaub nicht.»

«Ich hab mir mal seine Kamera geliehen», sagt Lydia, «und jetzt weiß ich nicht –»

«Der ist in Polen.» Mit der Hand zuerst, dann mit dem Fuß schiebt Paul den leeren Salatteller weit von sich weg. «Der hat sich eine halbe Stadt da gekauft. Und er ist so eine Art König von dieser Stadt. Die Leute müssen seine Hemden tragen.»

«Sagt Christine das?»

«Nein.»

«Ich dachte, der macht jetzt eine Werkstatt bei Potsdam irgendwo?»

«Ich lüge nicht», sagt Paul.

«Wenn du ihn siehst –»

«Ich lüge nie.»

«Jedenfalls, wenn du ihn mal siehst – tut mir leid, ich bin auch schon betrunken. Aber du kannst ihm ja ausrichten, er soll mal Lydia anrufen. Er hört seine Mailbox nicht ab.»

«Ich weiß.»

«Oder siehst du ihn auch nicht mehr?»

«Sonntags immer.»

Nach langem Schweigen fragt Lydia: «Was soll das heißen, du lügst nie?»

«Ich lüge nie.»

«Nie?»

«Nie.»

«Da könnte ich dich ja jetzt mal was Tolles fragen. Irgendwas –»

«Lieber nicht», sagt Paul. Er hört die Frau lachen.

«Die Lehrer machen das immer», sagt er.

«Was machen die Lehrer?»

«Mich fragen.»

«Und was fragen die?»

Paul sieht nach oben und stochert mit der Gabel gegen einen Messinghaken, der zwei Scharnierplatten unter dem Tisch miteinander verbindet.

«Sag schon», sagt Lydia, und als Paul nicht antwortet, fährt ihr Arm wie eine Sense unter den Tisch. Die Bewegung geht wenige Zentimeter an Pauls Knie vorbei.

«Irgendwas», sagt Paul. «Wenn irgendwas ist. Wenn wer was angestellt hat, mit der Landkarte zum Beispiel, dann fragen sie immer als Erstes mich. Weil sie genau wissen, dass ich nie –»

«Da bist du vermutlich wahnsinnig beliebt bei deinen Mitschülern?»

«Meinen Sie?» Paul betastet mit Daumen und Zeigefinger seine Zahnspange. «Nee. Glaub ich, ehrlich gesagt, nicht, dass ich wahnsinnig beliebt bin. Die meisten können mich nicht ausstehen. Achtzehn.»

«Was, achtzehn?»

«Achtzehn von siebenundzwanzig. Wir sind siebenundzwanzig insgesamt. Achtzehn davon können mich nicht ausstehen. Fünf sind gleichgültig, drei positiv. Ich hab ’ne Umfrage gemacht. Das Fenster finde ich übrigens wahnsinnig.»

«Welches Fenster?»

«In Ihrem Kleid.»

Lydia hebt den Arm und schaut unter ihm hindurch. Unter der Tischkante ist die vordere Hälfte eines bekleckerten Filzschuhs zu sehen, Größe 36, an seiner Spitze ein leerer Salatteller.

«Und die schmalen Dings hier.» Paul kratzt sich mit einem Finger unter dem Bügel seiner Brille. «Die Dings.» Er zeigt mit der umgedrehten Gabel auf Lydias Riemchensandalen. Dann späht er unter der Tischkante hoch. «Sie haben einen exklusiven Geschmack», informiert er Lydia und kneift die Augen zusammen.

Christine läuft mit einem Pappbecher in jeder Hand in die Küche. Sie bleibt unter der Küchentür stehen, macht einen Schritt zurück und biegt den Oberkörper nach hinten. «Was macht denn der da unterm Tisch?»

«Wir spielen Verstecken», sagt Lydia. «Er ist unglaublich schwer zu finden.»

«Die wollen alle nicht», sagt Henri zu Christine, «es ist schon zu dunkel.»

«Es ist mindestens noch 'ne halbe Stunde hell. Die Schläger sind im Keller», sagt Christine. Und dann noch einmal: «Was willst du unterm Tisch?»

Auf allen vieren kommt Paul hervorgekrochen, richtet sich auf und sagt: «Ich geh jetzt zu Andrika.»

«Soso.» Christine schnipst mit dem Zeigefinger ein Stück Mais von seinem Sweat-Shirt. Dann nimmt sie Pauls Arm, auf dem einige Kugelschreiberstriche sind, und dreht ihn hin und her. «Das geht jetzt nicht schon wieder los, oder?»

«Kann ich eine Tüte Chips?», sagt Paul.

«Denk dran, dass du morgen Schule hast.»

Er schlenkert seine Hausschuhe von den Füßen, sodass

einer Christine am Bauch, der andere ihren Oberschenkel trifft, und stapft aus dem Zimmer.

«Und nimm dein Handy mit», ruft Christine. «Und wenn du schon nach unten gehst, bringst du die Schläger mit? Die liegen auf dem Schrank unter der Schräge.»

«Ist Andrika seine Freundin?», fragt Marie.

«Hat er früher nämlich immer gemacht», sagt Christine. «Sich mit Kugelschreiber vollgemalt. Du kennst das noch, oder?»

«Nur das Foto auf deinem Schreibtisch.»

«Immer bis hier. Wie Handschuhe sah das aus.»

«Wie, vollgemalt?», sagt Lydia.

«Vollgemalt, geschrieben. Frag mich nicht. Sein Mathelehrer hat gemeint, Spickzettel. Aber dann haben die sich das mal näher angesehen, und keine Ahnung», sagt Christine. «Deswegen hat mich dieser Lehrer dann immer angerufen. Jede Woche ein superdevoter Anruf von diesem Lehrer. Das hörte überhaupt nicht mehr auf, Autoritätsproblem, bla bla.»

«Ja und?»

«Na, wenn er sich in Ihrem Unterricht anmalt, hab ich gesagt, ist es vielleicht Ihr Problem? Zu Hause macht er das ja nicht. Aber dieser Lehrer hat einfach nicht lockergelassen, bis ich in seiner blöden Sprechstunde war. Schrecklicher Fehler.»

«Du wolltest da unbedingt hin», sagt Paul, der mit offenen Nike-Turnschuhen und einer durchsichtigen Tüte mit Krocketschlägern, Toren und Bällen im Arm zurückkommt. Er lässt die Schläger vor Christines Füße fallen.

«Wollen wir die nicht lieber zubinden?», fragt Christine. «Und einen Scheißdreck wollte ich dahin. Weil, dann hatte ich eine Präsentation an dem Tag, und ich also im roten Kostüm und Lackschuhen, und du weißt, du kennst mich – und danach hat der täglich hier angerufen. Täglich. Dass er ein *geschiedener Mann* ist, der mit seinem Leben noch einiges *anzufangen* weiß. Und er hat ein *Wohnmobil*, das muss man sich mal vorstellen, ein Wohnmobil und ein Haus in Spanien. Und *Tango tanzen*, das wäre für ihn *pure Leidenschaft*, und so weiter und so weiter, jeden Tag hat der hier angerufen, der Spast.»

«Hab ich dir gleich gesagt, dass Schürmann nicht alle Tassen im Schrank hat», sagt Paul.

«Hast du den eigentlich immer noch?»

«Nur in Sport.»

«Und jetzt mach die bitte zu.»

Paul bindet zwei erbarmungswürdig asymmetrische Schleifen in seine Schuhe. Dann steht er wieder auf und sieht Lydia an. Lydia lächelt, und Paul sagt: «Ich geh dann jetzt.»

«Du wiederholst dich», sagt Christine. «Hast du dein Handy?»

Paul klopft rechts auf seinen Oberschenkel. Er dreht sich langsam um und geht durch die Terrassentür hinaus. Auf seinem Weg steckt er unauffällig eine herrenlose Packung Zigaretten ein. Im Gehen, schon im Garten, holt er eine Zigarette heraus und steckt sie hinter sein Ohr, wo sie nicht hält. Er bleibt stehen, nimmt seine Brille ab und unternimmt einen zweiten Versuch mit der Zigarette. Jetzt hält sie. Mit einem großartigen Zahnspangengrinsen dreht er sich um. Außer Lydia hat niemand ihm nachgesehen.

«Ist Andrika seine Freundin?», fragt Marie.

«Lass uns Kricket spielen», sagt Christine.

«Krocket.»

«Es ist zu dunkel.»

«Quatsch», sagt Christine. «Es ist mindestens noch 'ne halbe Stunde hell. Wer nicht mitspielt, wird morgen gefeuert.»

Draußen, durch die Terrassentür kaum noch erkennbar, wirft Paul die Beine hoch wie ein marschierender Soldat, marschiert in leichten Schlangenlinien unter den Obstbäumen hindurch und verschwindet in der Dämmerung.

«Du hattest doch mal diesen Bruder, oder?», sagt ein älterer, grauhaariger Mann. «Der jetzt da –»

«Ich komm grad von ihm.» Die Brünette steckt ihre Kippe in eine leere Bierflasche und stellt die Bierflasche neben sich ins Gras. «Hölle.»

«Du bist dran», sagt Henri.

«Wieso Hölle?»

Christine holt vorsichtig aus. Sie hebt eine Augenbraue, dann reißt sie beide Hände in die Luft und sticht ihren Schläger in den Himmel. «Ha!»

«Du musst erst den Pflock wieder berühren», sagt Henri.

«Was für 'n Pflock? Was ist denn das für 'ne Regel?»

«Ist so.»

«Seit wann ist das so? Auf jeden Fall bin ich schon mal moralischer Sieger.» Christine steigt über ein Tor hinweg und stellt sich erneut in Positur. Der gelbe Ball rollt einen halben Meter am Pflock vorbei.

«Betrüger», sagt Christine. «Franco.»

«Wieso Hölle?», fragt der ältere, grauhaarige Mann.

«Ausziehen, filzen, Trennscheibe», sagt die Brünette und stellt ihren Fuß auf einen Ball und die Spitze des Schlägers auf ihren Fuß. «Ich hab nur geheult, und das machen alle da. Ist nicht so wie im Film. Ekelhaft.»

«Franco», wiederholt Christine.

«Ich meine, ich bin nicht nah am Wasser gebaut, aber da heulen alle, geht nicht anders.»

«Was war das nochmal?», sagt Franco. «Drogen?»

«Nein, absolut lächerlich. Mehrfacher Mord.»

«Wirklich, *absolut* lächerlich», sagt Christine.

«Er hat's mir ja erzählt vorher», sagt die Brünette. «Hoffnungslose Fälle, die ihn um Morphium angebettelt haben, das ist gang und gäbe da. Er war natürlich so blöd, es auf eigene Faust zu machen, jetzt wollen sie an ihm ein Exempel statuieren.»

«Hat er keine Angst?», sagt Henri. «Ich meine, hast du keine Angst?»

«Er sitzt in seiner Zelle und spinnt ein bisschen, beschwert sich über Zeug. Dass er keinen Laptop hat, die Mitgefangenen, die Lektüre, das Essen. Könnte schlimmer sein. Und er ist seit einer Woche wieder in Deutschland, das ist das Wichtigste. Ich hab seinen Anwalt getroffen, Tötung auf Verlangen. Das gibt vielleicht sechs Monate, das hat er in Tokio längst abgesessen. Er ist ja kein Monster oder so.»

«*Natürlich* nicht», sagt Christine. «Franco, du bist dran.»

«Ich meine, was soll er machen? Die Apalliker können sich das Zeug ja schlecht selber spritzen.»

«Das Problem ist wahrscheinlich, dass er seinen Job nie wieder machen kann?», sagt Henri.

«Hatte er sowieso nicht vor. Er macht jetzt wieder das hier.» Sie hält ihr Armband hoch.

«Große Karriere», sagt Christine. «Aber mit Verlaub, ich

schätze dich sehr und so, du weißt das, Heidi – aber dein Bruder ist ein hirnloser Vollidiot.»

«Jetzt aber!», sagt Henri und schwingt seine Hüfte wie ein Golfer zur Seite. «Sieg für Kretschmar – Bitsch und Leydendecker abgeschlagen auf Platz zwei und drei.»

Ein großer unklarer Schatten liegt über allem, wie aus blauen Eimern gekübelt. In der Terrassentür hält Lydia inne. Sie trägt ein Glas in der Hand, in dem eine Brausetablette sprudelt. Ihr Gesicht ist bleich. Sie geht blicklos an den Krocketspielern vorbei in den Garten hinein, der schon im Dämmer versinkt, unter den Obstbäumen und ihrer überraschenden Finsternis hindurch, durch immer höher werdendes Gras. Im hinteren Teil des Gartens bleibt sie vor einer Tannenböschung stehen. Sie setzt sich auf eine grob zusammengezimmerte Holzbank und schließt die Augen. Von der Terrasse her sind gedämpfte Stimmen zu hören, spitzes Lachen, aber die Entfernung zum Haus filtert fast alle Frequenzen heraus.

Irgendwann Schritte im Gras. Jemand bleibt vor der Bank stehen.

«Du siehst nicht gut aus.»

«Zu viel getrunken», antwortet Lydia und öffnet die Augen.

«Das ist auch mein Letzter», sagt Christine und tippt mit dem Zeigefinger gegen ihren Plastikbecher. Sie stellt den Becher auf der Bank ab und versucht, sich die Sandalen auszuziehen. Sie hüpft auf einem Bein ein paar Schritte vor und zurück, verliert das Gleichgewicht und fällt seitlich ins Gras. Halb auf dem Rücken liegend, streift sie kichernd eine Sandale ab, hält plötzlich inne und hebt den Kopf.

«Siehst du das?», sagt Christine. «Guck nicht hin, aber siehst du das?»

«Natürlich seh ich das.»

Christines Kopf sinkt zurück ins Gras und taucht sofort wieder auf. «Er macht das jedes Mal. Die schönen Blumen! Auf jeder Party, wo ich war. Er geht nicht aufs Klo, ihm ist wahrscheinlich nicht mal schlecht, aber wenn ausreichend Publikum da ist – guck dir das an.»

«Zieh's ihm vom Gehalt ab.»

Christine kichert erneut. Sie kriecht auf allen vieren auf die Bank zu und setzt sich neben Lydia.

«Aber okaye Party, oder?»

«Kann man nicht meckern.»

«Und du hast dich gut mit meinem Sohn unterhalten, ja?»

«Unterhalten. Ob gut, weiß ich nicht.»

«Sah so aus.»

«Ich fand ihn ganz charmant. Ein bisschen hölzern vielleicht, aber … charmant.»

«Das Wort, das du suchst, heißt meschugge. Hat er dich angegraben?»

Lydia schüttelt den Kopf.

«Natürlich hat er dich angegraben. Er gräbt alles an. Ich kann dir sogar sagen, was er gesagt hat. Er fand deine Schuhe geil. Stimmt's?»

«Stimmt.»

«Und habt ihr über mich gesprochen? Die böse Mutter?»

«Nein.»

«Denkst du, ich bin blöd? Natürlich habt ihr über mich gesprochen!»

«Was schreist du denn so?»

«Natürlich habt ihr über mich gesprochen», wiederholt Christine leiser.

«Wir haben uns nur gefragt, was das für eine Performance ist, die du da aufführst.»

«Und habt ihr's rausgekriegt?» Christine trinkt ihren Whisky aus, sieht kurz Lydia an und dann zum Haus hinüber. «Trink ich jetzt noch einen oder nicht? Los, sag mal.»

«Weiß ich doch nicht.»

Christine zerknickt den leeren Plastikbecher, hält ihn in Schulterhöhe und schnipst ihn rückwärts in die Tannen. «Schaff dir nie Kinder an. Ich sag's dir.» Sie greift nach Lydias Glas.

«Das ist Wasser», sagt Lydia.

«Wieso ist das Wasser?»

«Ich sag doch, mir ist schlecht.»

«Mir ist auch schlecht», sagt Christine. «Aber ist das ein Grund?»

«Ist dein Freund jetzt eigentlich gekommen?»

«Was?»

«Ob dein Freund gekommen ist?»

Christine stützt sich auf der Bank ab und richtet sich auf. «Was?», sagt sie.

«Ob dein neuer Freund –»

«Du bist ein Riesenarschloch. Ein Riesenarschloch, weißt du das?»

«Was ist denn mit dir los?»

Christine wischt imaginäre Zigarettenasche von ihrem Oberschenkel und erstarrt. Hinter den beiden Frauen raschelt es in den Tannen. Nach einigen Sekunden raschelt es erneut.

«Füchse und Igel!», sagt Christine. «Scheiße, was. Erst

denkst du, du willst nicht raus aus der Stadt. Aber wenn du dann draußen bist, willst du nicht zurück.» Sie kratzt sich am Kopf. «Das Problem ist mit Paul. Früher hatte er Freunde. Hier gibt's nur Rentner.»

«Und diese Annika? Oder Andrika?»

«Was ist mit der?»

«Er ist doch eben zu dieser Andrika gegangen?»

«Andrika.» Christine zerrt am Ärmel ihres Kleides und kichert. «Das ist so eine – ein Hirsch. Eine Hirschkuh. Oder ein Wildschwein, hab's vergessen. Da hinterm Garten ist 'n Hochsitz, das ist asozial hoch da, und da kommen in der Dämmerung die Tiere. Da gibt es einen Dachs, der heißt Meike, und ein Elch heißt Frederick.»

«Ein Elch?»

«Du glaubst nicht, was man von diesem Hochsitz alles sehen kann. Es wundert mich, dass noch kein Elefant vorbeigekommen ist, vielleicht braucht er mal 'ne neue Brille. Der kannte ja nicht mal 'ne Kuh, als wir hergezogen sind.»

«Und da sitzt er jetzt im Dunkeln?»

«Oder läuft da im Wald rum oder schleicht durch die Nachbargärten oder – autsch.» Christine schlägt mit der flachen Hand gegen ihren Hals, setzt sich senkrecht hin und hält sich die Handfläche direkt vors Gesicht. «Oder hockt in seinem Versteck und spielt Geheimdienst. Scheißviecher. Die kommen alle von dem Tümpel da unten. Die sind jetzt so richtig aggressiv.»

«Was für 'n Versteck?»

«Da in den Tannen, da hat er sich so was gebaut.»

«Was – hier?»

«Ja. Nee. Kannst du von hier nicht sehen, nur von oben», sagt Christine und wischt ihre Hand an der Lehne ab. «Und da hockt er dann immer und beobachtet mich, wenn ich halbnackt auf der Terrasse lieg.»

«Ist nicht dein Ernst?»

«Aber hallo.»

«Das ist nicht dein Ernst?»

«Er denkt, ich *merke* es nicht», sagt Christine und zieht ein Augenlid mit dem Finger runter.

«Das ist nicht dein Ernst, oder?»

«Was ist nicht mein Ernst? Ach so, keine Panik.» Christine dreht sich um und zupft an einem Tannenzweig. «Hier sitzt er nur tagsüber. Jetzt gibt's doch nichts zu sehen.»

Sie holt eine Packung Zigaretten aus dem Ärmel, klopft gegen die Packung und zieht eine Zigarette mit den Lippen heraus. Sie hält Lydia die Schachtel hin. «Schätzchen», sagt sie.

Lydia versucht, aufzustehen. Christine hält sie am Arm fest.

«Ach du Scheiße!», ruft Christine und lässt den Arm erst wieder los, als Lydia sich zurück auf die Bank gesetzt hat. Sie nimmt die Zigarette aus dem Mund und sagt: «Fällt mir grad ein. Kannst du morgen schon um sieben da sein?»

«Wieso um sieben?»

«In der Firma.»

«Ja, wieso?», sagt Lydia. «Gibt's was Neues?»

«Nee, nichts Neues», sagt Christine und macht eine lange Pause. Sie tastet mit der Hand, in der sie die Zigarette hält, nach dem Feuerzeug. «Aber fällt mir grad ein. Ich wollt dir das Freitag schon sagen, du warst so schnell weg. Aber die beiden Texte, die sind – das muss man nochmal machen. Das kann so nicht raus. Wenn du morgen schon um sieben da bist, das ist doch kein Problem für dich?»

«Versteh ich nicht.»

«Ich weiß, du hast dich reingekniet!» Christine legt die Hand mit dem Feuerzeug auf Lydias Unterarm. «Aber dafür wirst du ja auch bezahlt. Und die waren einfach, hier unter vier Augen mal – die gingen überhaupt nicht.»

«Ich dachte, die ZIA hätte das schon abgesegnet?»

«Die ZIA?», sagt Christine und lacht. «Da können wir ja gleich Bankrott anmelden, wenn wir auf *die* hören. Nee, mal ehrlich, deshalb sind die ja der Kunde, deshalb kommen die ja zu uns, weil die keine Ahnung haben. Aber ist auch egal, das ist jetzt zu kompliziert, ich bin auch blau. Ich erklär dir das morgen nochmal, ja? Da gibt es den einen oder anderen Kniff, ich hab's jetzt auch nicht im Kopf. Ich kann dir auch helfen, ich helf dir auch. Aber sieben ist okay, oder? Oder acht?»

«Acht», sagt Lydia.

«Ist jetzt keine schlimme zusätzliche Belastung, oder?»

«Dafür werd ich ja bezahlt.»

«Du bist so toll.» Christine vergräbt ihren Kopf an Lydias Schulter. «Du bist so toll. *So* toll.»

In den Tannen hinter ihnen raschelt es wieder.

Christine schlingt beide Arme um Lydia, sie atmet stoßweise gegen Lydias Hals. Lydia trinkt umständlich ihr Wasserglas aus, schwingt es mit der Öffnung nach unten und stellt es zurück auf die Bank. Sie rührt sich nicht. Sie schaut auf Christines Hinterkopf, dann in den Garten, dann in die Nacht. Die Lichter auf der Terrasse sind erloschen. Merkwürdig groß und symmetrisch und wie ein Auge zwischen zwei Obstbäumen steht nun der Mond.

Diesseits des Van-Allen-Gürtels

Die Klingel holte mich aus dem Schlaf. Als ich die Tür öffnete, stand da mein Nachbar und wollte sich einen Stuhl oder so leihen. Er sah nicht gut aus. Aus dem Treppenhaus kam Lärm von schweren Männern. Ich rieb meine Stirn und meine Augen und holte ihm den Küchenhocker und sagte, er solle nachher nicht wieder klingeln, sondern einfach den Hocker vor die Tür stellen, weil ich noch schlafen würde. Ich hatte Nachtschicht gehabt und stand dann nie vor eins auf.

Als ich nachmittags zum Einkaufen ging, stolperte ich als Erstes über den Hocker, der umgedreht auf meiner Fußmatte lag. Ich trat ihn zurück in den Flur. Dann sah ich, dass die Wohnungstür meines Nachbarn weit offen stand. Seine Wohnung schien ausgeräumt. Eine leere Fassung pendelte von der Decke, im blanken Linoleum des Fußbodens spiegelte sich die Nachmittagssonne.

«Hallo», rief ich in die Wohnung hinein. Niemand antwortete.

Im Pilan Market war die Klimaanlage ausgefallen. Der Türke hatte seinen schwitzenden Kopf auf das Laufband gelegt und lächelte stumpfsinnig. Vor den Regalen überlegte ich, ob ich etwas für den Abend mitbringen sollte. Meine

Freundin veranstaltete eine Party, und ich hatte nicht herausfinden können, welche Sorte Party das war, ob es vielleicht sogar ihr Geburtstag war. Ich hatte zweimal nachgefragt, und sie hatte zweimal sehr geheimnisvoll getan. Ich nahm an, dass sie weitergefragt werden wollte, aber es war mir zu blöd gewesen. Wir sind noch nicht lange zusammen, und wahrscheinlich bleiben wir auch nicht lange zusammen. Wenn man schon auf die Frage, ob man Geburtstag hat oder nicht, nicht antworten kann, wie soll es dann erst später werden? Ich kaufte also eine Flasche Martini für den Abend und dann noch Brötchen und ein paar Frühstückssachen, eine Zeitung.

Als ich mit der Einkaufstasche wieder in meine Straße einbog, zischte etwas an meinem Unterschenkel vorbei. Ich wurde mit Steinen beworfen. Ein vielleicht zwölfjähriger Junge mit Popper-Haarschnitt stand am Ende der Straße und feuerte Kiesel den Bürgersteig entlang, als würde er sie über Wasser flitschen. Es schien ihn nicht zu stören, dass er mich treffen konnte, dass ich nur noch zwanzig Meter weit weg war, dass ich immer näher kam. Ich ging direkt auf ihn zu, um ihm Angst zu machen, aber er reagierte überhaupt nicht. Mit teilnahmslosem Gesichtsausdruck warf er weiter mit Steinen. Ich dachte, ich müsste ihn zur Rede stellen, aber mir fiel kein Wort ein, mit dem ich mich nicht lächerlich gemacht hätte.

Dazu muss man sagen, dass mir dieser Junge nicht zum ersten Mal auffiel. Ich war ihm schon öfter auf der Straße begegnet. Er verdrehte dann meistens die Augen oder machte Gesten des Erbrechens in meine Richtung, wenn er glaubte, ich sähe es nicht. Manchmal allerdings auch, wenn ich es deutlich sah. Er wohnte mit seiner Mutter bei mir im Haus, oder im Nachbarhaus. Die Mutter war eine Schönheit. Sie war noch sehr jung, trug ständig kniehohe Lederstiefel, grüßte nie zurück und hatte den gleichen teilnahmslosen Ausdruck im Gesicht, der mich wahnsinnig machte. Begegnete man dem Jungen in Begleitung seiner Mutter, benahm er sich natürlich tadellos. Auch zu Hause, da war ich mir sicher, benahm er sich tadellos. Räumte sein Zimmer auf, half beim Abtrocknen, ließ sich mit der neuen *Coupé* nicht erwischen. Im Zeugnis nur Einsen und Zweien, zweimal die Woche Klavierunterricht, und wenn keiner hinguckte, pinkelte er in die Pausenbrote seiner Mitschüler oder spritzte ihnen Pattex in die Anschlussbuchse vom Walkman. Man musste kein Psychologe sein, um auf zwanzig Meter Entfernung erkennen zu können, dass mit dem Jungen was nicht stimmte. Ich hatte schon mal darüber nachgedacht, die Eltern zu informieren, aber sie hätten mir vermutlich sowieso nicht geglaubt.

Ich leerte meinen Briefkasten und ließ Gratiszeitungen und Reklamezettel zu Boden fallen. Mit einem A4-Umschlag fächelte ich mir auf der Treppe Kühlung zu. Noch im obersten Stock hörte ich das Geräusch der Steine wie ein kaputtes Metronom, hörte, wie sie von der Häuserfront abprallten und gegen parkende Autos schlugen.

Die Tür zur Nachbarwohnung stand noch immer offen. Diesmal klingelte ich, und als sich niemand meldete, ging ich hinein. Alles, was sich noch in der Wohnung befand, war ein Telefonbuch, das auf der Erde lag, und ein paar Apfelsinenschalen in der Küche.

Richard war zwei Jahre lang mein Nachbar gewesen, aber seine Wohnung hatte ich nie betreten. Ein- oder zweimal hatten wir im Hausflur miteinander geredet. Zuletzt im Winter war er zu mir gekommen und hatte gefragt, ob ich ihm ein Verlängerungskabel leihen, und dann, ob ich das eine Ende bei mir in die Steckdose stecken könne. Er wolle seinen Herd damit heizen und mit dem Herd seine Wohnung. Die Miete hatte er wahrscheinlich schon länger nicht mehr gezahlt.

Vom Balkon aus konnte ich in mein Fenster sehen (das Hinterhaus lag über Eck), und das überraschte mich, obwohl ich ja auch jahrelang den Balkon von meinem Fenster aus gesehen hatte. Ein Gefühl, als würde man an seiner eigenen Haut riechen. Am Fensterrahmen außen hingen Reste von Klebestreifen. Durch die Scheibe hindurch sah ich meinen Esstisch, die blaue Wachstuchtischdecke, ich sah sogar das Messer, das senkrecht in der Butter steckte.

Richards Wohnung hatte den gleichen Grundriss wie meine, nur spiegelverkehrt. An der Küchenspüle drehte ich die Hähne auf und zu. Das Wasser funktionierte noch. Der Schrank unter der Spüle war leer. Nur ein paar tote Insekten lagen auf dem Resopalboden, zwei Silberfische flüchteten, als ich die Schiebetüren bewegte. Ich hockte mich vor die Spüle und hörte das klickernde Geräusch der Tropfen im Siphon. Es war sehr angenehm, so dazusitzen und nur dieses Klickern zu hören.

Im Badezimmer entdeckte ich eine kleine runde Wasserlache auf dem Fußboden. Falls es denn Wasser war. Ich presste meine Wange auf das Linoleum und roch an der Flüssigkeit. Sie roch nach nichts.

Der Spiegel über dem Waschbecken war von Zahnpasta und anderen Substanzen gelb und weiß gesprenkelt. Ich wischte mit einem Tempo-Taschentuch darüber. Die Flecken waren so festgetrocknet, dass ich auf das Glas spucken und eine Ewigkeit lang wischen musste, und dabei hatte ich eine Erektion.

Schließlich kletterte ich auf den Rand des Toiletten-beckens, um einen besseren Überblick zu haben. Meine Sohlen quietschten auf dem Porzellan. Ich stützte mich an der Wand ab und schaute von oben in den Spülkasten. Der Schwimmer hatte die Farbe einer toten Qualle. Einige Algen oder Moose hingen grünbraun an den Rändern, von keinem Menschen je zuvor gesehen. Nahm ich jedenfalls an, dass mein Nachbar sie nicht gesehen hatte. Er war nicht gerade ein Livingstone oder Stanley. Mit der flachen Hand schlug ich von außen gegen den Kasten, stehende Wellen bildeten sich. Ich erinnerte mich, dass ich als Kind manch-mal Dinge in unserem Spülkasten versteckt hatte, indem ich sie an das Gestänge über dem Schwimmer band. Um was für Dinge es sich dabei gehandelt hatte, wollte mir nicht mehr einfallen. Mindestens eine halbe Stunde blieb ich so stehen und sah die Welt von oben. Der Schweiß lief an mir herunter. Durch das offene Fenster kam kaum ein Geräusch, die Mittagshitze hatte alles lahmgelegt, bis auf ein leises, weit entferntes Metronom.

Es war der heißeste Tag des Jahres, ein Sonntag. Wenn man mittags aufwacht und es ist so heiß, hat man keine wirk-liche Kraft mehr, etwas zu unternehmen. Es ist zu spät, um an den See zu fahren, und zu früh, um etwas anderes zu tun. Außerdem wollte ich ja am Abend auf diese Party. Ich versuchte wieder, meine Freundin anzurufen. Sie ging nicht ran.

Unangenehm war auch nicht allein die Hitze. Es waren

zu viele Insekten in der Luft. Ich saß am offenen Küchenfenster in der Sonne und las. Dauernd blieben winzige Fliegen auf meiner Haut kleben. Wenn ich versuchte, die Fliegen wegzuschnipsen, verwandelten sie sich in einen kleinen, schwarzen Matsch. Ich trank Kaffee und aß ein halbes Brötchen ohne etwas drauf. Das Buch, das ich las, hieß *Reise ans Ende der Nacht* und langweilte mich sehr. Ich nahm die Zeitung, aber auch die interessierte mich nicht besonders. Aus dem Hof hörte ich Stimmen. Ich hatte meine nackten Füße aus dem Fenster gehängt, während ich las, und ich stellte mir vor, dass die Leute unten meine Füße hasserfüllt ansehen würden.

Nach dem Frühstück duschte ich, später am Nachmittag noch einmal. Schließlich war ich so erschöpft, dass ich mich wieder ins Bett legen musste. Ich dachte, hoffentlich wache ich rechtzeitig zur Party auf. Und dann dachte ich, hoffentlich nicht.

Ich kam zu mir, als mein Anrufbeantworter die Ansage abspulte. Ich konnte meine Stimme hören, und dann hörte ich die Stimme meiner Freundin. «Geh ran, wenn du zu Hause bist», sagte sie. Im Hintergrund laute Musik. In meiner Wohnung, fiel mir auf, war es kein Grad kälter geworden. Ich lag auf dem Bauch, in genau der gleichen Haltung, in der ich mich vor Stunden aufs Bett geworfen hatte, das T-Shirt klebte an meinem Rücken. «Falls du noch nicht auf dem Weg bist, mach dich auf den Weg!»

Eine Viertelstunde später klingelte das Telefon erneut. Es wurde gekichert, eine mir unbekannte Stimme sagte Worte wie «wunderbar» und «Missbrauch von Heeresgerät». Diesmal stand ich auf. Ich ging ins Badezimmer und stützte mich auf den Waschbeckenrand. Die Party lärmte im Hintergrund, dann hörte ich die gereizte Stimme meiner Freundin: «Leg auf, der ist längst unterwegs.»

Ich zog den blauen Anzug an, steckte den Martini in eine Plastiktüte und stieg die Treppe hinunter. Auf dem Absatz zwischen viertem und drittem Stock blieb ich stehen. Ich ging zurück in den vierten und öffnete die Tür zu Richards Wohnung, die ich am Nachmittag so weit wie möglich hinter mir zugezogen hatte, ohne dass sie ins Schloss fiel. Ich sah in alle Zimmer, sie schwammen im Halbdunkel umher.

Ich setzte mich auf den Balkon. Ich wollte nur einen Moment ruhig dort sitzen bleiben und dann weiter zu meiner Freundin fahren und die Lage klären. Eigentlich wollte ich auch nicht *die Lage klären*. Aber bessere Worte fielen mir für das, was ich vorhatte, gerade nicht ein. Ich schaute durch die Metallstäbe in den Hof. Nach einer Weile schraubte ich die Martiniflasche auf und nahm einen Probeschluck und schraubte sie wieder zu.

Als die Flasche zu einem Viertel leer war, hörte ich hinter mir ein Geräusch, als ob der Wind die Wohnungstür geschlossen hatte. Dann hörte ich, wie in der Wohnung leise in die Hände geklatscht wurde. Dann den Wasserhahn, dann lange Stille. Dann trat plötzlich der Junge neben mir auf den Balkon, eine grüne Adidas-Sporttasche über der Schulter.

Er legte die Hände aufs Geländer, sprang in den Stütz und tippte mit den Fußspitzen gegen die Gitterstäbe. Er hatte mich nicht bemerkt. Als er mich bemerkte, verlor er fast das Gleichgewicht. Die Sporttasche rutschte ihm von der Schulter. Ich erwartete, dass er sofort die Flucht ergreifen würde, aber das war nicht der Fall. Er starrte mich zwei Sekunden lang kuhäugig an, ohne das Geländer loszulassen, und sprang dann erneut in den Stütz.

«So sieht man sich wieder», sagte ich.

Sein magerer Oberkörper schwenkte über den Balkon hinaus und wieder zurück. Er trug ein weißes Polohemd, und seine Haut wirkte in der Abenddämmerung wie von Schwarzlicht angestrahlt.

«He, ich rede mit dir!»

«Ja und?»

«Was machst du hier?»

«Was machen Sie hier?», fuhr er mich an. «Ich kann hier genauso sein.»

«Ich hab nur gefragt, was du hier *machst*. War wohl zu schwer als Frage.»

Der Junge schubste die Sporttasche mit der Hacke in die Mitte des Balkons und sagte: «Das ist mein Platz. Hab ich zuerst entdeckt.»

Ich nahm noch einen Schluck Martini und sah in die andere Richtung. Ich wäre jetzt gern auf die Party gegangen. Aber ich wusste nicht, wie ich das anstellen sollte, ohne dass es aussah, als räumte ich das Feld.

«Was ist das?», fragte der Junge.

Ich ignorierte ihn ausnahmsweise.

«Ich will nur wissen, ist das Wein?»

«N-n.»

«Saft?»

«Mein Gott.» Ich hielt ihm die Flasche hin.

«Erst, wie das heißt.»

«Keine Ahnung, wie das heißt. Wermut oder so.»

«Kenn ich nicht.»

«Soll trotzdem nicht giftig sein.»

Mit beiden Händen nahm er den Martini und las mit zusammengekniffenen Augen das Etikett. Er roch an der Flasche, zog die Augenbrauen hoch und rieb mit dem Handballen ein paarmal kräftig über die Öffnung, um sie von meinen Bazillen zu säubern.

«Iih!», sagte er und prustete. «Wein.»

«Martiniwein.»

‹Trink ich zu Hause öfter.»

«Klar.»

Er nahm einen zweiten, kleineren Schluck und gab mir blind die Flasche zurück. Ich wartete, bis er mich erneut ansah, und wischte dann demonstrativ die Öffnung mit dem Handballen ab. Der Junge schob seine Sporttasche noch ein Stück weiter mit dem Fuß und setzte sich neben mich. Nicht direkt neben mich, aber auf die andere Seite der Balkontür, wo Platz war. Irgendwann bot ich ihm nochmal zu trinken an, und er trank nochmal. So saßen wir lange Zeit in der Dämmerung wie routinierte Handwerker, ließen die Flasche kreisen und vernichteten Heerscharen von gefährlichen Bazillen, während der blaue Mond langsam und voll über den Dächern aufging. Ich musste an meine Freundin denken.

«Guck mal, was ich kann», sagte der Junge und hielt die Flasche über seinen Kopf.

«Nicht so viel.»

«Warum nicht?»

«Darum nicht.»

«Ich hab Erfahrung damit.»

«Ich auch», sagte ich und suchte in meinen Taschen nach Zigaretten. Ich hatte die Zigaretten vergessen.

Der Junge fing an, von seinem Handball-Training zu erzählen, von dem er anscheinend gerade kam, und von seinem Trainer. Ich versuchte eine Weile, seiner Geschichte zu folgen, aber es war nur Gewäsch. Es ging um Umkleideräume und angeblich Biertrinken und wie sie einmal der A-Jugend einen Kasten geklaut hätten, es gab absolut keine Pointe.

«Wie spät ist es eigentlich?», fragte der Junge schließlich. «Ich kann meine Uhr nicht mehr lesen.»

«Schätze, so halb elf.»

«Scheiße», sagte er. Er sprang auf und hängte sich die Sporttasche auf komplizierte Weise über die Schulter. «Bleibst du noch da?»

Ich nickte.

«Was machst du hier eigentlich?»

Ich zuckte die Achseln.

«Du hast doch selbst einen Balkon, oder?» Er kniff ein Auge zu wie ein schlechter Detektiv, aber ich hatte keine Lust, Geständnisse abzulegen, und schwieg.

«Interessiert mich auch gar nicht.»

«Dann ist ja alles okay, und du kannst nach Hause gehen und dich auf den Gutenachtkuss deiner übergeschnappten Mutter freuen.»

«Ich krieg doch keinen Gutenachtkuss!», sagte er angeekelt. Er lallte jetzt schon leicht. «Komm, sag schon.»

Ich antwortete nicht, und der Junge schaute zur Fassade gegenüber. Nur in wenigen Fenstern war noch Licht. In einem davon sah man den blauen Bildschirm der Tagesthemen, darauf das winzige Diagramm eines Passagierflugzeugs, das entlang einer gestrichelten Linie abstürzte. Das Gesicht des Jungen, das Gesicht seiner Mutter, versuchte vergeblich, den alten Ausdruck von Teilnahmslosigkeit wiederherzustellen.

«Ich weiß sowieso, was du hier machst.»

«Warum fragst du dann so blöd?»

«Du bist ein Exhibitionist.»

«Was bin ich?»

«Du beobachtest die Leute, die da wohnen.»

«Das könnte ich auch von meiner Wohnung aus, du Schwachkopf», sagte ich und zeigte auf mein Küchenfenster.

«Ich weiß es trotzdem.»

«Schön für dich.»

Er fuhr mit dem Daumen zwischen Schulter und Tragegurt seiner Sporttasche entlang, als habe er sich jetzt wirklich entschlossen zu gehen. Dann hockte er sich ganz dicht neben mich. Der blonde Flaum auf seinen Unterarmen war nur noch wenige Zentimeter von meinem Gesicht entfernt.

«Los, sag schon, Mann! Ich erzähl's auch nicht weiter.»

«Ich beobachte meine *eigene* Wohnung», sagte ich gequält.

«Quatsch!»

«Meine Freundin.»

Er spähte hinüber in das dunkle Fenster. «Ich seh nix.»

«Liegt noch im Bett», sagte ich.

Der Junge beugte sich über mich hinweg zu den Gitterstäben. Sein Polohemd streifte über meine Beine.

«Versteh ich nicht. Wenn sie deine Freundin ist, warum gehst du dann nicht rüber?»

«Oh, Mann», sagte ich. «Wie alt bist du eigentlich?»

«Dreizehn, hab ich doch gesagt.»

«Hast du nicht.»

«Stimmt aber, dreizehn. Also warum …»

Er führte den Satz nicht zu Ende und drehte sich wieder um. In seltsamer Übereinstimmung sahen wir konzentriert in mein Küchenfenster. Ein nervöser Reiz breitete sich auf meinem Unterschenkel aus wie eine heiße Wasserlache.

«Wann sieht man denn, ich meine, wann steht sie denn auf? Ich muss jetzt wirklich nach Hause, sonst suchen sie mich.»

«Das kann dauern.»

«Scheiße.»

Ich hielt die Flasche prüfend vor den Mond.

«Die ist leer», sagte der Junge.

«Hol ich halt Nachschub.»

«Von drüben? Dann weckst du sie doch.»

«Die schläft wie ein Stein», sagte ich. «Der kann man nachts mit einem Ledergürtel ins Gesicht schlagen, ohne dass sie aufwacht. Außerdem brauch ich Kippen.»

«Du hast Kippen? Warum hast du das nicht gleich gesagt?»

«Drüben.»

«Jetzt eine rauchen!», sagte er begeistert.

«Du wolltest doch nach Hause?»

«Ja, aber eine rauchen wär nicht schlecht! So als Abschluss.» Sein Oberkörper schwankte. Er schien nun wirklich alle Initiationsriten auf einmal durchmachen zu wollen.

«Ich seh mal nach, was sich machen lässt», seufzte ich und tippte an seine Schulter, damit er mich vorbeiließ. «Halten Sie hier solange die Stellung, Generalfeldmarschall Paulus.»

«Okay», sagte er und gluckste. Und dann sinnlos: «Mir geht es gut.»

In meiner Wohnung schaltete ich das Licht nicht ein. Am Wandschrank vorbei spähte ich durch das Küchenfenster über den Hof auf den Balkon, da stand der Junge als dunkler Schatten. Ich wollte nicht, dass er mich sah, und krabbelte auf allen vieren durch meine Küche, angelte die Zigaretten vom Küchentisch und kicherte leise. Vom Kühlschrank nahm ich eine halbvolle Flasche Sherry, die ich zum Kochen benutzte.

Als Nächstes rief ich wieder bei meiner Freundin an. Es meldete sich eine Frau, die ich nicht kannte. Im Hintergrund war Partylärm zu hören, schlimme 8oer-Jahre-Musik, und die Frau am Telefon musste in den Hörer schreien. Ich schrie zurück. Ich sagte, dass sie meiner Freundin ausrichten könne, dass ich heute nicht mehr käme. Dann wartete ich, weil ich dachte, dass sie fragen würde, warum ich nicht mehr käme. Aber sie fragte nicht.

«Hat sie heute Geburtstag?», rief ich.

«Was?», rief die Frau, und ich legte auf.

Als ich zurück auf den Balkon kam, stand eine runde Wolke am Abendhimmel, von der Großstadt rosa angeleuchtet.

«Lächerlich», sagte der Junge, mit dem Rücken zu mir. Er hielt sich am Geländer fest und spuckte hinunter.

«Was?»

«Egal.»

«Was ist lächerlich?»

«Kann ich 'n Schluck?»

Ich gab ihm den Sherry und setzte mich wieder. «Was ist lächerlich?»

«Verstehst du nicht.»

«Ah, versteh ich nicht!», äffte ich ihn nach.

Er verdrehte die Augen. Es war schon sehr dunkel, auch im Hof war das Licht längst erloschen, aber das konnte ich noch sehen, dass er die Augen nach oben drehte.

«Das ist was anderes», bemerkte er.

«Sherrywein.»

«Schmeckt auch.»

«Ja, schmeckt genauso», sagte ich, und er lachte, als hätte ich etwas sehr Geistreiches gesagt.

«Hast du das …» Er stieß auf. «Hast du das mit dem Menschenfresser gesehen?»

«Was gesehen?»

«Der Menschenfresser da. Da hat einer einen aufgegessen.»

«Du meinst in Rotenburg? Ich hab davon gelesen.»

«Und glaubst du das?» Er sah mich an. «Kannst du dir das vorstellen? Der ist da einfach mit der Bahn nach – Rotenburg, und dann hat er sich aufessen lassen von dem andern. Glaubst du, dass das stimmt?»

«Wenn es in der Zeitung steht, stimmt es selbstverständlich.»

«Das ist doch krank.»

«Geschmackssache.»

Er rutschte mit dem Rücken die Mauer hinunter, bis fast sein gesamter Oberkörper auf dem Balkon lag, und griff nach dem Sherry. Dann hob er die Beine im rechten Winkel und stellte die Füße gegen das Balkongitter.

«Ich kann mir das nicht vorstellen», sagte er. «Ich möchte mal wissen, was die geredet haben. Also nicht, was du denkst. Aber was die geredet haben. Ich meine, die haben ja nicht nur – die haben auch vorher gegessen zusammen und alles. Die haben erst den Schwanz von dem einen gegessen und das gefilmt, alles *gefilmt*. Aber das meine ich gar nicht.»

«Was meinst du dann?»

«Was ich meine, was die *geredet* haben. Der Ton. Ich würd mir ein Bein ausreißen für dieses – ich kann mir das nicht vorstellen.»

«Was genau?»

«Na ja, wie das abläuft. Ich meine, das hat ja Tage gedauert, die müssen sich ja unterhalten haben. Als sie schon wussten, was sie gleich machen. *Kannst du schon mal den Tisch decken, bitte? Oder? Das ist doch krank.»*

«Aber wenn beide einverstanden sind, wo ist das Problem? Ich meine, was gibt es Schöneres, als wenn zwei Menschen genau das machen, was beide sich wünschen?»

«Aber wenn der eine – nee.» Er stellte die Flasche auf seinen Bauch. Sein Hemd war etwas hochgerutscht. Er schob den Schraubverschluss in seinen Nabel und drehte ihn langsam hin und her. «Ich würd einfach gern wissen, *warum* – der hatte ja noch mehr Leute, der hatte ja eine lange Liste, die gegessen werden wollten. Ich hab mir das alles angeguckt, ich hab auch Zeitung gelesen. Ich hab sogar ein Buch von meinem Vater gelesen. Ich versteh's nicht.»

Ich sagte, ich sei überzeugt davon, dass man das nicht wirklich verstehen könne, und nahm ihm vorsichtig die Flasche aus der Hand.

«Ich hab mir gedacht, vielleicht weil beide so *normal* waren», fing er wieder an. «Dass das die Erklärung ist. Der eine Ingenieur, der andere auch so was Langweiliges.»

«Dann fürchte dich schon mal vor der Zukunft.»

«Tu ich nicht.»

«Die meisten Leute werden völlig normal.»

«Ich nicht. Ich will mit diesem ganzen Zeug nichts zu tun haben.»

«Mit welchem Zeug?»

«Mit diesem ganzen normalen Zeug. Langweiliger Beruf, heiraten, Kinder kriegen, sterben.»

«Dann ist Kannibalismus doch ein toller Ausweg.»

«Du kapierst es nicht, oder? Da ist doch gar kein Unterschied. Gib mal den Wein.»

Ich hielt die Flasche fest. «Wo ist kein Unterschied?»

«Soll ich mal sagen, was in dem Buch von meinem Vater drinstand? Da stand nämlich drin, dass das kein Unterschied ist. Normal sein oder dings. Pervers.»

«Aha.»

«Genau.» Er dachte nach. «Das eine ist langweilig und das andere pervers, und die Leute machen dieses perverse Zeug, weil sie langweilig sind, das ist die Ursache. Weil sie *in sich drin* langweilig sind, müssen sie das machen, sonst könnten sie's nämlich nicht aushalten. Und dass die Leute immer Buchhalter sind und Versicherungsvertreter und so was.»

Er wiederholte diese Theorie noch ein paarmal in anderen Worten, ohne ihrem Kern erheblich näherzukommen. Schließlich beendete ich das Stochern im Nebel, indem ich fragte, was er denn einmal werden wolle, außer normal und nicht normal gebe es ja nicht viel zur Auswahl.

«Kosmonaut.»

Ich fing an zu lachen. «Warum nicht gleich Popstar? Oder Greenpeace-Aktivist?»

«Glaubst du nicht, oder? Ich werd Kosmonaut.»

Ich antwortete nicht.

«Egal», sagte er und sah nach oben.

Merkwürdig groß und symmetrisch und wie ein Auge zwischen zwei Schornsteinen stand nun der Mond.

«Perigäum», sagte der Junge.

«Unsinn», sagte ich.

«Gar kein Unsinn. Mein Vater arbeitet bei der DASA, der kennt sich aus. Man kann da reinkommen, der bringt mich da rein. Ich studier Physik, und dann werd ich Pilot, und irgendwann –»

«Die fliegen doch längst nicht mehr zum Mond», unterbrach ich ihn.

«Das ist das Nächste, in zehn, fünfzehn Jahren, die Mondstation. Ich bin gerade im richtigen Alter, sagt mein Vater.»

«Du glaubst das also.»

«Ich bin der Dreizehnte.»

«Der was?»

«Der Dreizehnte auf dem Mond. Zwölf waren schon da.»

«Kein Mensch –»

«Armstrong, Aldrin, Conrad, Bean, Mitchell, Shepard, Irwin, Scott, Young …»

«He!», sagte ich.

«… Duke, Cernan, Schmitt. Zwölf.»

«Zwölf Mann in Hollywood. Ich bin beeindruckt.» Aus der Seitentasche meiner Hose holte ich die Lucky Strike und suchte nach dem Faden, um das Cellophan aufzureißen.

«Du kannst mir glauben, mein Vater kennt sich aus.»

«Hast du das Buch gelesen?» Ich unterdrückte ein Gähnen.

«Welches Buch?»

«*Zwölf Mann in Hollywood.* Red ich chinesisch oder was?»

«Was soll das sein?»

«Das wundert mich jetzt.» Ich steckte mir zwei Zigaretten wie ein V in den Mund und zündete sie an. Ich zog einmal kräftig und hielt eine dem Jungen hin. Er griff zuerst nach meiner Hand, dann nach der Zigarette. «Wenn du dich schon so toll auskennst.»

«Kenn ich aber nicht.»

«Ein Mitarbeiter der Warner Brothers hat das geschrieben. Über die Mondlandung in einem Hollywood-Studio.»

«Versteh ich nicht.»

«Dacht ich mir.»

«Du meinst, das Ganze hat in einem Filmstudio stattgefunden? Nee, oder?» Er hustete.

«Das meine ich nicht. Das ist bewiesen.» Ich legte den Kopf in den Nacken und blies den Rauch in den Himmel. «Das wurde mittlerweile von hohen Mitarbeitern der NASA bestätigt. Die Mondlandung fand in einem Hollywood-Studio statt. Hugh Hepforscher.»

«Was?»

«Hugh Hepforscher. Presseoffizier der NASA, hat einen Bericht darüber verfasst. Er war der, der den geheimen Kontakt zu Hollywood herstellte. Was ihm nicht gut bekommen ist.»

«Schwachsinn», sagte der Junge und stützte sich mit beiden Händen rückwärts auf dem Boden auf. «Wo steht das?»

«Nirgends, fürchte ich. Hepforschers Bericht wurde nie veröffentlicht. Er starb vor zwei Jahren unter ungeklärten Umständen an einer Litfaßsäule, vierzig Meter vom Highway.»

«Woher weißt *du* das dann?»

«Im Usenet findet man Bruchstücke seiner Aufzeichnungen. Und das mit dem ‹Unfall› ist genau dokumentiert.»

«Armstrong *war* auf dem Mond», sagte der Junge und nickte nach oben, als sei das ein Argument.

«Es ist schon technisch nicht möglich.»

«Er hat ja Mondgestein mitgebracht!»

«Mondgestein», sagte ich verächtlich. «Du kannst es selbst sehen, den Amis sind diverse Fehler unterlaufen. Guck dir die Fotos von der Mondlandung an, da sind nicht mal Sterne. Ist dir das nie aufgefallen? Keine Sterne! Obwohl der Mond keine Lufthülle hat, ist auf keinem einzigen der Fotos ein Stern, die haben sie einfach vergessen in die Kulissen zu schneiden.»

Der Junge hustete wieder, schaute auf seine Zigarette und schüttelte den Kopf.

«Du hast doch sicher Fotos», sagte ich. «Guck's dir an. Auf keinem Bild ein einziger Stern. Oder die Fahne, die Armstrong in den Boden rammt, weht im Wind. Aber auf dem Mond gibt es keinen Wind.»

«Gibt es denn in einem Hollywood-Studio Wind?»

Das war nun eine selbst für einen Dreizehnjährigen ziemlich dämliche Frage. «Ein Außendreh», sagte ich. «Oder Windmaschine. Deshalb auch die Beleuchtung: Auf manchen Fotos zeigen die Schatten der Astronauten und der Mondfähre in unterschiedliche Richtungen. Scheinwerfer, Sonne.»

«Das glaub ich nicht.»

«Guck's dir an.»

«Aber es gibt doch Raumfahrtprogramme. Mein Vater arbeitet bei der DASA. Ich war sogar schon mal mit.»

«Und hast du jemanden getroffen, der auf dem Mond war? Natürlich gibt es Raumfahrtprogramme. Aber das ist alles Waffentechnik und Satelliten-Hochschießen. Ein

Mensch kommt da nicht hoch, und es wird auch nie einer hochkommen. Es ist technisch unmöglich.»

«Aber wenn man die Raketen verbessert –»

«Es liegt nicht an den Raketen. Es liegt an der physikalischen – an der Physik. In 6000 Kilometer Höhe ist der Van-Elmer-Gürtel, eine radioaktive –»

«Van-Allen-Gürtel!»

«Sag ich ja. Und noch höher eine Neutronenstrahlung, da kommt keiner lebend durch, das weißt du dann auch. Die Radioaktivität, mit der ein Astronaut da in fünf Minuten beschossen wird, da explodiert dir der Kopf von innen, so schnell wächst der Krebs. Und hatte dein Armstrong Krebs?» Ich schnippte meinen Zigarettenstummel in einer unsauberen Parabel über das Geländer. «Man müsste die Raumschiffe meterdick mit Blei panzern. Aber das bringt kein Raketenantrieb der Welt nach oben. Wenn dein Vater dir das nicht gesagt hat, ich meine, es ist doch klar, warum dein Vater –»

Der Junge hörte mir längst nicht mehr zu, er war in Gedanken versunken.

Ein angenehmer, kühler Wind wehte plötzlich aus dem Hinterhof herauf. Jemand musste das Tor unten aufgehakt haben. Der Junge hielt mir seine ausgegangene Zigarette hin, ohne mich anzusehen, und ich zündete sie wieder an.

Ich versuchte mich zu erinnern, was ich in diesem Alter für Vorstellungen von der Welt gehabt hatte. Die Erinnerung war merkwürdig verschleiert, ich kannte mich fast nur aus Erzählungen. Ich war ein sonderbar hochbegabtes Kind gewesen, wie meine Großeltern mir wieder und wieder versichert hatten. Und natürlich hatte das amerikanische Raumfahrtprogramm auch mich, wie jeden anderen, mit einem gewissen bizarren Schauder erfüllt, mit Entsetzen und Begeisterung über die eigene Nichtigkeit. Aber ich wäre nie im Leben auf die Idee gekommen, Astronaut werden zu wollen. Ich wollte immer Firmenmitarbeiter werden. Weil mein Großvater Firmenmitarbeiter war. Erst als ich meinen Abschluss machte und eine Lehrstelle suchte, stellte ich fest, dass ich keine Ahnung hatte, was ich eigentlich wollte. (Ich habe es, ehrlich gesagt, auch nie herausfinden können.)

Der Junge streckte die Hand aus, ich gab ihm den Sherry. Er nahm einen winzigen Schluck und klackerte dann leise mit dem Flaschenhals gegen seine Schneidezähne.

«Weißt du, was Armstrong gesagt hat, als er den ‹Mond› betrat?», fragte ich.

Das Klackern hörte auf. «Ein kleiner Schritt –»

«Ja, aber auf Englisch. That's one small step for man, one giant leap for mankind. Wenn man das auf Tonband rückwärts abspielt, hört man: Never seen this. No. Man never space walk. Kannst du Englisch?»

«Ja, natürlich. Nochmal.»

«Never seen this. No. Man never space walk.»

«Aber», sagte er, und dann sagte er nichts mehr. Ich war mir nicht sicher, ob er weinte.

In der Straße hinter dem Häuserblock klirrte die Tram vorbei, mit hundert schwarzen Augen schaute Nichts vom Firmament. Der Junge atmete schwer, unter der Last der ungewohnten Erkenntnis. Ich nahm seine kleine Hand und drückte sie voller Mitgefühl, sie war heiß und trocken.

Am Haus gegenüber flackerte ein Rechteck aus Licht auf. Ein winziger Mann erschien im Unterhemd in seiner winzigen Küche, milchig durch die Stores, irgendein Perverser. Der Mann bückte sich hinunter, öffnete den Kühlschrank und nahm eine Dose Buttermilch heraus und setzte sie an die Lippen. Er betrachtete etwas auf seinem Unterarm, kratzte daran und trank weiter. Dann hob er ein Kalenderblatt an und ließ es hinuntersegeln. Das Licht ging wieder aus, und die ganze Fassade wurde dunkel. Nur ein leuchtender roter Punkt blieb im Fenster zurück, vielleicht die Anzeige eines Boilers, der angesprungen war. Nach zehn Minuten wiederholte sich das Geräusch der Tram.

«Ich muss nach Hause», sagte der Junge und zog seine Hand weg.

Er stützte sich beim Aufstehen an der Wand ab und schwankte einen Schritt auf mich zu. Sein Atem pumpte gegen meine Schläfe, aber ich schaute nicht auf. Falls er gedacht hatte, dass ein sentimentaler Abschied nun das Richtige für uns sei, war er bei mir an der falschen Adresse.

«Geh schon», sagte ich. «Du schuldest mir nichts.»

In der Flasche waren noch ein paar Tropfen Alkohol. Ich kippte sie, und der Sherry rann über den Betonboden neben mir, dunkel und parallel zu meinen Beinen, und suchte sich einen Weg in die Tiefe. Nach einer Minute hörte ich im Erdgeschoss die Haustür, hörte die kleinen Schritte über den Hof trippeln und zögern (die Sehnsucht! Ach, die Sehnsucht!), schließlich verschwinden.

Zurück in meiner Wohnung stellte ich fest, dass ich zwei neue Anrufe auf dem AB hatte. Ich rupfte das Telefonkabel aus der Wand, zog mich nackt aus und legte mich ins Bett. Die Hitze hatte kaum nachgelassen, im Gegenteil, die Luft schien im Dunkeln noch wärmer und fester geworden zu sein. Selbst nackt war es kaum auszuhalten. Ich stand wieder auf und öffnete alle Fenster meiner Wohnung, dann schob ich mein Bett unter das große Fenster und sah von dort hinaus in die Nacht. Der Mond hatte sich über das Vorderhaus geschwungen und schien jetzt direkt auf meine angewinkelten Beine, deren Schatten zusammen mit den Schatten, die das weiße Laken warf, der Marmorierung des Mondes rührend ähnlich sahen. Ich wusste, dass ich nicht würde einschlafen können. Mehrere Stunden lang lag ich wach und unbeweglich unter dem wandernden Licht und spürte ein Gefühl, das ich so noch nicht kannte, das sonderbare Gefühl, als wäre ich auf einmal sehr bestimmt und klar umrissen und deutlicher von meiner Umgebung verschieden als sonst, als bei Tag. Als würde auf jeden Quadratzentimeter meiner Haut ein präziser hydraulischer Druck ausgeübt, der meinen Körper in genau die Form presste, die die Natur ursprünglich für ihn vorgesehen hatte, ein unendliches Glücksgefühl, verdammt zur Bewegungslosigkeit für die nächsten Stunden, für die Nacht, für die nächsten fünf Milliarden Jahre, unter meinem Fenster, unter dem grünen Himmel, unter dem Mond, in einem sonderbar unverständlichen Universum wie diesem.

Zentrale Intelligenz Agentur

Mir war speiübel. Wir standen seit vier Stunden im Stau auf der Autobahn, und immer, wenn ich aussteigen wollte, ging es wieder hundert Meter vorwärts. «Was machst du da? Bleib sitzen», sagte Holm, dann kam die Abfahrt. Holm trug die Skispringer-Jacke der österreichischen Nationalmannschaft von 1964, für die er ein Vermögen bei eBay ausgegeben hatte, Palomino-Jeans und Jesuslatschen, und steuerte mit durchgestreckten Armen den Jaguar seiner Mutter. Er konnte nicht vernünftig fahren. Er schnitt jede Kurve, und ich sagte: «Ich kotz dir ins Auto, wenn du nicht langsamer fährst», und er sagte: «Nur noch fünf Kilometer. Gleich kommt die Fähre.»

Irgendwo hinter Wettin sollte es ein Schloss geben, das Holm gemietet hatte, ich hatte das zuerst nicht glauben wollen. Ich dachte, das ist wieder eine von diesen Schnapsideen. Aber Holm hatte tatsächlich Leute aus ganz Deutschland dazu gekriegt, sich mit ihm auf Schloss Beesenstedt treffen zu wollen, irgendwo in der brandenburgischen Pampa, um diese Sache da zu gründen, die dann so sonderbar untergehen sollte, später, die Zentrale Intelligenz Agentur.

Ich hatte Holm mindestens schon fünfmal gefragt, was das denn sein sollte, Zentrale Intelligenz Agentur, wo ist da der Sinn? Was ist das für ein Produkt? Warum kann man das nicht in Berlin gründen? Und er hatte mir nicht geantwortet. Wir gründen das erst mal, hatte er gesagt, und ich wusste, dass es genau so kommen würde und dass ich hinterher auch nicht schlauer sein und dass es trotzdem irgendwie funktionieren würde, das war immer so bei diesen Holm-Geschichten. Und das fiel mir zum ersten Mal auf der Fähre in Wettin auf, während wir übersetzten, was nur vierzig Sekunden dauerte und einen Euro sechzig kostete. Da fiel mir auf, während ich darüber nachdachte, wo ich hinkotzen sollte, falls ich auf der Fähre kotzen musste – denn wenn ich mich über die Reling hängte, würden wir das andere Ufer erreichen, bevor ich fertig war mit Kotzen, und der Gedanke befremdete mich irgendwie –, jedenfalls, während ich über all das nachdachte, fiel mir zum ersten Mal auf, dass ich niemanden mehr in meinem Bekanntenkreis hatte, der einen Beruf hatte, von dem ich die Berufsbezeichnung wusste. Das heißt, sie hatten natürlich alle irgendwas studiert und verdienten irgendwomit Geld, aber immer, wenn man jemanden fragte, was er denn genau mache, hieß es, *ich mach da bei dieser Sache mit* oder *wir ziehen uns da so einen Auftrag an Land,* und das stimmte vermutlich auch. Aber während wir bei dreißig Grad im Schatten den Fluss überquerten, die nur einen Steinwurf breite Saale, dachte ich, dass das doch alles ein Riesenunsinn wäre und dass ich Angst hatte vor diesem Kongress, der garantiert auch nicht Kongress hieß, sondern Party oder so, und auf dem lauter Leute herumlaufen würden, die alle so aussahen wie Holm und denen es nichts ausmachte, ihr Geld mit etwas zu verdienen, was sie nicht beschreiben konnten, was keiner brauchte und woran sich in drei Jahren niemand mehr erinnern würde.

Was war das überhaupt für ein beknackter Name, Zentrale Intelligenz Agentur.

Während Cornelius den Fährmann bezahlte, war ich zum Bug gegangen, und als die Fähre anlandete, ging ich zu Fuß von Bord und legte mich mit dem Rücken auf die Straße, die warm war wie ein Solarium. Falls ein Solarium warm ist von unten, ich weiß es nicht. Ich traue mich da immer nicht rein in diese Sonnenstudios, weil sie zugleich auch immer Nagelstudios sind, und ich fürchte, ich bin nicht die Zielgruppe.

Holm bremste neben mir. Cornelius surrte das Fenster runter und fragte, was ich da machen würde, und ich sagte: «Das siehst du doch.»

«Du kannst da nicht liegen bleiben», sagte er, und ich sagte: «Von unten sieht dieses Auto total dämlich aus.»

Vor uns begannen die Leute sich zu stauen, die auf die Fähre wollten, und der Fährmann kam angelaufen und sagte ebenfalls, dass ich da nicht liegen bleiben könne. Also stand ich wieder auf und ging ein Stück zu Fuß, und Holm fuhr im ersten Gang hupend neben mir her, und dann stieg ich wieder ein und fragte zum sechsten Mal «Was gründen wir da eigentlich?» und bekam zum sechsten Mal keine Antwort, und ich war froh, dass ich mit dieser ganzen Scheiße nichts zu tun hatte und nur für das HTML zuständig war. Da musste ich nicht wirklich wissen, worum es ging. Obwohl ich, wenn ich das richtig sah, die Einzige war, die bisher überhaupt etwas getan hatte, was man arbeiten nennen konnte, nämlich die Website gebaut, auf der jetzt so Sachen standen wie: *Zentrale Intelligenz Agentur – Analyse und Design kultureller Phänomene. Wir sind da, wo der Zement konkret wird, wo sich Milhouse und Luhmann guten Tag sagen.*

Das war erkennbar sinnlos, aber letztlich auch nicht sinnloser als alles andere, was man in den letzten Jahren so gesehen hatte, und dass meine im Grunde ja zurechnungsfähigen Freunde nun auch damit anfingen, beruhigte und beunruhigte mich zugleich. Genauer gesagt, beruhigte mich für den Bruchteil einer Sekunde der Gedanke, dass auch der restliche ungeheure Unfug der Welt im Allgemeinen und dieser Branche im Besonderen von im Grunde völlig vernünftigen Menschen wie uns hergestellt wurde, also auch von mir, wenn man einmal richtig darüber nachdachte, und ich versuchte, richtig darüber nachzudenken, aber mir fehlte die Kraft. Cornelius fing wieder an zu reden, und wenn Cornelius zu reden anfing, war es einfach nicht mehr möglich, nachzudenken. Es ging um Holms neue Freundin, die Moderatorin bei Maxim TV war und die noch keiner gesehen hatte außer im Fernsehen, und wie schade es sei, dass sie nicht mitkommen konnte. Cornelius bedauerte das sehr, ich bedauerte Cornelius, und Holm verfuhr sich.

Wir kamen durch Orte mit Namen wie Johannashall und rasten durch verwinkelte Dörfer, ohne einen einzigen Menschen zu sehen. Auch die Straßen waren leer, nirgends ein Auto. An den Straßenrändern wuchsen Kirschbäume, dahinter Kornfelder, groß und schwer im Sonnenlicht. Die Pollenflugvorhersage versprach Not und Elend für die nächsten Tage.

«Kannst du wenigstens mit Rauchen aufhören?», sagte ich. «Mir ist schlecht.»

«Soll ich das Fenster runterkurbeln?», fragte Holm.

«Du sollst aufhören zu rauchen.»

Holm kurbelte das Fenster ein Stück runter, und ich

sagte, er solle anhalten, jetzt sei es genug. Ich würde jetzt aussteigen und zu Fuß weitergehen, er solle auf der Stelle anhalten, und Holm trat das Gaspedal voll durch, drückte seinen Zigarettenstummel im Aschenbecher aus und sagte, ich sei ja wirklich *furchtbar* anstrengend. Er frage sich, warum er ausgerechnet an mich habe geraten müssen, es gebe doch nun wirklich ausreichend fähige Kräfte in Berlin, die nicht halb so anstrengend wären, aber immer würde er an furchtbar anstrengende Schnatzen wie mich geraten, er habe fast den Verdacht, es liege an ihm.

Das Schloss lag mitten im Dorf, das wie alle anderen Dörfer völlig menschenleer war. Es wurde den größten Teil der Zeit als Filmkulisse vermietet, sagte Max, der uns empfing, für alles andere sei es zu heruntergekommen, hauptsächlich für Pornofilme. «Ich hab alles so gemacht, wie du wolltest», sagte er zu Holm, zu Cornelius: «Der Ordner liegt auf deinem Zimmer», und zu mir: «Du siehst bezaubernd aus, Martina.»

«Heidi», sagte ich und guckte einen Türken oder Araber an, der hinter Max stand. Der Araber hatte ein asketisches Gesicht, tiefschwarze Augen, und ich hielt ihn zuerst für das Personal, weil er uns die Zimmer zeigte. Später stellte sich heraus, dass es kein Personal gab, logischerweise. Die Eingangshalle war mit weißem Marmor gepflastert, ein goldener Springbrunnen klebte an der Rückwand. Im zweiten Saal führte eine breite, staubige Treppe nach oben. Danach ging es Schritt für Schritt bergab mit den Räumen, je höher man kam, alles wurde dreckiger, abgewrackter, unsere Zimmer hatten Dachschrägen und ertranken im Staub. Es war aber keine schöne, melancholische Abgewracktheit mit

Elementen früheren Glanzes, es war eine abgewrackte Abgewracktheit.

Ich hatte ein Zimmer mit einer fünfzigjährigen Geschäftsfrau aus München zusammen. Holm, Cornelius und Kirk teilten sich zwei Doppelbetten. Mobiliar gab es keins.

Im Flur begegneten wir einigen Gästen, die schon mittags angekommen waren. Sie wirkten erleichtert, schüttelten Holm und Cornelius die Hand, und einer, der Dr. Brander hieß, kam auch zu mir und fragte, was ich mit der Sache zu tun hätte. «Welche Sache?», sagte ich, und er sagte: «Na ja, die Sache hier.» Ich sah ihn verständnislos an, und Holm rief «Sie provoziert gern!» dazwischen und schob mich in Richtung Festsaal.

Der Festsaal lag hinter hohen Flügeltüren und war riesengroß und leer. Nur an der Bar saß ein Mann, der gerade damit beschäftigt war, einer blonden Frau sein Handy zu zeigen. Ich bestellte einen Wein.

«Das Tolle daran ist», sagte der Mann, «dass man sich die Nummern seiner lieben Freunde nicht merken muss. Man kann diese Nummern *einspeichern*, so lautet das Fachwort für diesen Vorgang.»

Es war Joachim Lottmann, der Schriftsteller, ich erkannte ihn an seinem breiten Rücken. Ich wunderte mich, ihn hier zu sehen, er war nicht eingeladen. Um ehrlich zu sein, er war nicht nur nicht eingeladen. Wie andere notorische Querulanten, Berlin-Mitte-Leute und überhaupt Holms halber Freundeskreis hatte er auf einer geheimen Liste von Personen gestanden, denen gegenüber diese Veranstaltung nicht einmal mittelbar erwähnt werden durfte. Die finanzielle Zukunft war auch ein Abschied von der Vergangenheit. Aber natürlich war trotzdem alles irgendwie durchgesickert, das war ja immer so. Und wahrscheinlich war ich nicht ganz schuldlos daran.

Der eigentliche Kongress sollte erst am nächsten Tag beginnen. Ich nahm mein Glas und untersuchte die Räumlichkeiten. Im Erdgeschoss gab es einen verwaisten Billardraum, daneben einen Konferenzraum, in dem kreisförmig angeordnet etwa zwanzig Tische standen. Auf einem der Tische lag ein Stapel unbeschrifteter Namensschilder und ein roter und ein blauer Edding. Ich krakelte *Holm von Foerster (Vorsitzender)* auf ein Kärtchen und stellte es in die Mitte.

Eine Tapetentür führte in den Keller. Dort verirrte ich mich in einem Labyrinth. Garnisonen von Badewannen, Kloschüsseln und andere Sanitäranlagen standen herum, alle kaputt oder angeschlagen. Ein Raum enthielt eine DDR-Bibliothek unter meterhohem Staub, davor standen ein Himmelbett und ein Stativ. Ich fand die Treppe nach oben nicht mehr und kam irgendwo hinterm Schloss wieder raus.

Drückend und staubig lag der August über ungemähten Wiesen. Ein Trecker rostete vor sich hin, große, schlecht ausgedachte Insekten taumelten durch die Luft. Seitlich des Schlosses lag der Parkplatz unter riesigen Buchen. Stimmen waren zu hören, das Geräusch zuschlagender Autotüren, fröhliche Ankunftseuphorie.

Als ich ins Schloss zurückkam, wurde gerade das Buffet geliefert, das schinkenbraun auf salatgrün das Logo der Zentralen Intelligenz Agentur darstellte: ein Computer mit nur drei Tasten, auf denen Z-I-A stand. Ich trank noch einen Wein und dann noch einen und blieb gleich an der Bar stehen. Auf der Wand über der Bar lief ein Pornofilm, vermutlich hier auf dem Schloss entstanden, möglicherweise sogar auf unseren Matratzen. Zum Glück agierten die Hauptdarsteller weitgehend bekleidet, und es war auch noch so hell im Festsaal, dass wesentliche Details verschleiert wurden. Neben mir stand Kirk und starrte auf den Film. Kirk war für die ZIA so etwas Ähnliches wie Holm, nur mit weniger Verantwortung und mehr Nervosität. Außerdem war er der Einzige, der dem Anlass entsprechend einen korrekten Anzug trug. Er hatte Schweißperlen auf der Stirn und war schon beim Wodka angelangt.

«Alles klar?», sagte ich.

Kirk antwortete nicht und starrte weiter auf die Wand.

Jemand streckte ein leeres Bierglas zwischen unseren Köpfen hindurch und sagte: «Bitte mal die Luft rauslassen.»

Ich drehte mich um. Joachim Lottmann schon wieder. Aus dieser Nähe war sein Anblick absolut erschreckend. Gelbe Bartstoppeln im Gesicht, Petechialblutungen um die Augen. So aufgelöst hatte ich ihn noch nie gesehen.

«Joachim, was machst du denn hier!», sagte ich und versuchte, überrascht zu wirken.

«Heidi!», antwortete er. «Wie wunderbar!»

«Sie hat recht», sagte Kirk barsch und drehte sich um. «Bitte beantworte die Frage.»

«Und Kirk ist auch da!», rief Lottmann begeistert. Er drückte beide Hände in die Luft wie ein pritschender Volleyballer. «Ich wusste gar nicht, dass ihr auch zu dieser Impertinenzagentur gehört. Endlich intelligente Menschen. Ich war gerade auf der Popkomm.» Er pritschte noch drei, vier Bälle übers Netz.

«Bei Ihnen auch mal die Luft rauslassen?», sagte der Barkeeper, der laut Namensschild Etzel hieß und offensichtlich nicht alle Tassen im Schrank hatte. Ich nutzte die Gelegenheit zu einem Fluchtversuch, aber eine energische Hand auf der Schulter hielt mich zurück.

«Jetzt mal im Ernst», sagte Lottmann. «Ich muss mit dir sprechen, Heidi. Du kannst dir sicher vorstellen, worum es geht. Es ist Folgendes.» Seine Hand begann meine Schulter zu kneten, ich wischte sie weg. Lottmann schaute in sein Bierglas, in dem eine Fliege schwamm, und pulte sie mit dem Finger raus. Er strich den Finger an seiner Hose ab und hievte erneut die Hand auf meine Schulter. Ich wischte sie wieder weg.

«Das ist natürlich nicht die richtige Umgebung hier für Geständnisse, aber was rede ich. Ich will ganz offen sein. Wer mich kennt – und du kennst mich», sagte Lottmann und gab einen kurzen Abriss seiner Biographie. Seine Augen flackerten wie ein nasses Streichholz, die rechte Körperhälfte pendelte stark. Um den Pendelschwüngen auszuweichen, bewegte ich mich ständig von seiner freien Hand weg, wir drehten uns im Kreis. Über Lottmanns Schulter erschien ein Panorama des Raumes. «Ich bin kein Mann der Umschweife. Ich mache es kurz», sagte Lottmann und ahmte mit einem Arm die Antriebskurbel für unser Karussell nach. «Das heißt, wenn es dir lieber ist, können wir auch erst mal ein bisschen Smalltalk machen, wie es die bürgerliche Konvention erfordert. Oder wir gehen gleich in medias pro reo.»

Eine Frau in Converse-Turnschuhen, Armeehosen und mit Gucci-Sonnenbrille im Haar tauchte über Lottmanns Schulter auf, die hochattraktive Julia Mantel. Wir hatten in Frankfurt einmal kurze Zeit in einer WG zusammengewohnt und uns einen Mann geteilt, ohne es zu wissen. Oder zumindest ich hatte es nicht gewusst.

«Es ist so!», sagte Lottmann und schraubte meinen Kopf mit beiden Händen zurück in seine Richtung. «Heidi. Es ist absolut entscheidend für mich, Klartext zu reden. Dein Einverständnis immer vorausgesetzt. Leute, die nicht Klartext reden, sind meiner Meinung nach nicht wert, dass sie überhaupt existieren. Um es einmal in einem delikaten Bild auszudrücken: *Wir sitzen beide im selben Boot.* Und das wissen wir auch.»

Der Blick nasser Streichhölzer versuchte mich zu durchbohren.

«Aber das Boot *ist* kein Boot», sagte Lottmann.

Stillstand im Karussell. Er tippte auf seine rechte Brust.

«Hab ich dir eigentlich schon mein Piercing gezeigt?»

«Drei- oder viermal.»

«Okay, Heidi, hör zu. Holm sitzt natürlich auch mit drin, in dem Boot. Und Cornelius. Und Kirk. Ich möchte dir eine Frage stellen – nein. Dafür ist es noch zu früh. Ich muss etwas vorausschicken. Du bist doch auch, wenn ich das so direkt sagen darf, Heidi – was für ein phantastischer Name –, Heidi, du bist doch *auch* mit dieser Agentur bekannt.» Er kurbelte seine Mundwinkel hoch, wie er es bei anderen Menschen beobachtet hatte, wenn sie herzlich wirkten. «Das soll kein Vorwurf sein! Aber das bedeutet, dass du eine gewisse intime Bekanntschaft mit Vorgängen hast, ich meine, Vorgänge im Sinne von Daten, Daten als Fakten, du weißt, was ich meine – letztlich, Heidi, diese Agentur, ich würde dich bitten, es geht für mich um Leben und Tod, ich muss das einmal so klar umschreiben ...» Und so weiter und so fort. Eine halbe Stunde lang ging das noch so, dann kam ein Mann in einem weißen Anzug vorbei, und Lottmann drehte sich auf dem Absatz um und rannte ihm hinterher. Für seine Verhältnisse war das eine gute Fünfkommazwei.

Julia Mantel stand noch immer an der Bar, die Brust rausgestreckt, die Ellenbogen rückwärts auf der Theke. Ich ging zu ihr rüber.

«Du siehst schlecht aus», sagte Julia. Sie hatte zwei Semester Psychologie studiert.

«Lass uns in medias pro reo gehen», sagte ich. «Erinnerst du dich an diese Geschichte in Frankfurt?»

Insgeheim fragte ich mich, was Julia hier wollte. Ich hatte ihr persönlich eine Einladung geschickt, aber ohne im Geringsten damit zu rechnen, dass sie sich für diesen Schwachsinn hier interessieren könnte. Julia war Lyrikerin und wurde bereits in einem Atemzug mit Brinkmann oder Stolterfoht genannt. Darüber hinaus war sie einmal Gesicht '98 gewesen, so hatte ich sie kennengelernt. Trotz Suhrkamp konnte sie von ihrer Lyrik nicht leben und musste immer in so Sachen wie dem neuen Raffaello-Spot mitspielen. Es sei zum Glück sehr einfach, da reinzukommen, sagte Julia. Es gebe nur sehr wenige Menschen, die mit offenem Mund von etwas abbeißen könnten, ohne dumm dabei auszusehen. Darüber hatte ich nie zuvor nachgedacht. Aber es leuchtete mir ein. *Eat People* war der Branchenjargon dafür. Julia nahm einen Schluck Mineralwasser, indem sie es in ihren halboffenen Mund rieseln ließ. Es sah phantastisch aus.

Neben Julia waren noch fünf oder sechs andere Autorinnen da, wie sie vom Literaturinstitut in Leipzig gerade in Reihe gestanzt wurden. Die aktuelle Stanze war langhaarig und ein bisschen dicklichgesichtig, und die Bücher, die sie schrieben, hießen immer *Körpersommer* oder *Silberwolken* oder *Fingerspiele* – Holm hatte das alles gelesen. Eigentlich waren sie als Deko gedacht, aber es stellte sich schnell heraus, dass es eine gute Entscheidung gewesen war, die Fräuleinwunder gleich im halben Dutzend zu nehmen. Erst in dieser Menge wurden sie richtig wirksam.

Julia ähnelte ihren Kolleginnen in keiner Weise, sie schien auch nicht viel von ihnen zu halten, und das wunderte mich nicht. Wenn man eins von Julia nicht sagen konnte, dann, dass sie mit dickem Gesicht aus Leipzig kam oder Titel wie *Körpersommer* geschrieben hatte, das wäre völlig unterhalb ihrer Pathosschwelle gewesen.

Ich erklärte ihr Sinn und Zweck dieser Party, aber es schien sie nicht besonders zu interessieren. Stattdessen wollte sie von mir wissen, was mit meinem Bruder los war. Wie alle anderen hatte sie die Gerüchte gehört, und ich erzählte ihr Version zwei. Leuten, die Hendrik kannten, erzählte ich normalerweise Version eins. Aber denen, die ihn nicht kannten, erzählte ich der Einfachheit halber immer, was in der *BZ* gestanden hatte. Das war weniger mühsam und in sich auch irgendwie schlüssiger. Der Todesengel von der Charité.

«Das ist ja entsetzlich», sagte Julia und gähnte.

Kirk klopfte mir auf die Schulter und fragte nach den Ausdrucken. Er hatte jetzt kein Wodkaglas mehr in der Hand, sondern einen Aktenordner, und an seinem Kopf klebte ein kleines, pfeilförmiges Schild mit der Aufschrift: Der Chef schickt mich.

«Was für Ausdrucke?», sagte ich. Ich erinnerte mich dunkel, dass sie damit schon am Vorabend angefangen hatten.

«Die Website», sagte Kirk, «die Ausdrucke.»

«Wozu soll man eine Website ausdrucken?», sagte Julia, und ich sagte, das sei eine sehr intelligente Frage.

«Weil es hier keinen Anschluss gibt, wie oft soll ich das noch sagen?»

«Ich hab nicht mal den Rechner dabei.»

«Das ist nicht dein Ernst», sagte Kirk, und sein Blick fiel hinunter auf Julias Brüste. Er redete weiter und wiederholte sich und blickte wie magnetisiert auf Julias Brüste und verlor den Faden.

«Wo hast du diese phantastischen ... diese phantastischen ...», sagte Kirk.

«Sind sie dir aufgefallen?», kicherte Julia. Sie erlaubte uns, einmal anzufassen.

«Großartig», sagte ich.

«Erstaunlich», sagte Kirk.

Kirk versuchte sich unter Zuhilfenahme von Mimik an den vorigen Gesprächsgegenstand zu erinnern, aber bevor er so weit war, unterbrach ihn ein furchtbarer Schrei. Es war nicht der erste seiner Art, sondern der dritte oder vierte bereits in einer langen Reihe sich kontinuierlich steigernder, furchtbarer Schreie.

Auf einem roten Sofa saß ein kleiner, korpulenter Mann in Kochuniform und nölte in ein Bierglas hinein. Wiglaf Droste – auch er nicht eingeladen. Vermutlich von der *taz* dazu abbestellt, einen seiner Hasstextbausteine über diesen Kongress zu verfassen. Er sah allerdings nicht mehr wirklich so aus, als sei er dazu noch in der Lage. Droste saß auf dem denkmalgeschützten roten Polstersofa aus dem achtzehnten Jahrhundert und blieb dort auch bis zum Ende der Veranstaltung sitzen, also noch etwa fünf oder sechs Stunden lang, in denen er leise vor sich hin nölte mit einem gewissen Singsang, der wahrscheinlich mehr sein sollte als das Gelall eines Betrunkenen, aber nicht mehr war, um in unregelmäßigen Abständen immer wieder laut aufzuschreien, und zwar, wenn man einmal genau hinhörte, etwas, das wie «KRAATZIMIAMSACK!» klang.

Kirk verdächtigte mich sofort, für Drostes Anwesenheit verantwortlich zu sein, und das fing an, mir auf die Nerven zu gehen. Kirk war ein Opfer der Holm'schen Verschwörungstheorie, es sei mein nicht sehr geheimes Lebensziel, Sabotageakte an ihnen und ihrer komischen Agentur zu verüben.

«Warum sollte Holm einen solchen Deppen einladen?», sagte Kirk mit einem Rest von akzeptabler Logik, und ich erwiderte, vielleicht verspräche er sich Stimmung davon. Oder er hoffte, nicht selbst derjenige auf der Veranstaltung zu sein, dessen Augen am weitesten außen am Kopf angebracht waren. Oder es ginge in Wirklichkeit um etwas ganz anderes, sehr viel Größeres, Geheimeres, der Otto-Mühl-Kolonie Vergleichbares –

Adlatus Kirk hörte nicht mehr zu. Er drehte sich um und kam nach einer Minute mit dem Chef zurück, der den Sabotagevorwurf wiederholte und behauptete, auf seinen Listen habe kein Droste draufgestanden und im Übrigen auch kein Lottmann und – er unterbrach sich und sah irritiert in Julias Ausschnitt. Ich fragte, was er damit sagen wolle.

«Das, was ich sage», sagte Holm.

«Du redest Mist», sagte ich. «Ich kenn Droste überhaupt nicht, ich war *ein* Mal mit ihm Bier trinken, und ich hab auch mit der *taz* nichts zu tun, im Gegensatz zu dir, und wenn *du* ihn nicht eingeladen hast, dann macht der hier gerade den Wallraff, und du kannst ihn ohne weiteres rausschmeißen, du hast schließlich das Landrecht oder wie das heißt.»

Aber dazu war Holm natürlich auch zu feige.

«KRAAATZIMIAMSACK!»

Kirk zuckte zusammen und bohrte sich mit dem Zeigefinger den Schall aus den Ohren. Holm machte eine Handbewegung zum DJ-Pult: alle Regler nach rechts. Der DJ war halbnackt und spielte Jeans Team und Telekommander und so was, und Brander tanzte mit einer Frau, die zwei Köpfe größer war als er, Walzer dazu. Ich holte mir noch was zu trinken.

Als ich zurückkam, stand vor Holm ein Mann mit fettigen Haaren und Helmut-Lang-Jacke. Es war der Kunststudent, der unser Logo auf den Bus gesprüht hatte, und er redete wirres Zeug, schwankte stark und versuchte eine Übung, die in Umrissen noch als Drohstarren zu erkennen war. Holm sah den Mann gar nicht an. Holm sah aus den Augenwinkeln mich an, als sei dieses Wrack ein erneuter, verzweifelter Schachzug von mir. Ich schüttelte den Kopf. In diesem Moment holte das Wrack weit aus, wie zu einem Schwinger. Der Schwung riss ihn um. Er fiel zu Boden, stöhnte und schlief ein.

«Der kann da nicht liegen bleiben», sagte Holm und ging zum Buffet.

Es wurde langsam unübersichtlich.

Julia nahm einen Fuß des Bewusstlosen hoch und machte eine Aufwärtsbewegung mit dem Kinn. Ich nahm den anderen Fuß, und wir schleiften den Körper aus dem Saal. Seine Arme schlugen über ihm zusammen. Im Treppenhaus kam uns Dr. Brander zu Hilfe, dann noch der Araber. Zu viert wuchteten wir den Studenten die Treppen hoch, sein Kopf bollerte gegen die Stufen. Einige Male erwachte er und schlief wieder ein. Im erstbesten Zimmer warfen wir ihn auf eine Matratze, und Julia versuchte, ihn in die stabile Seitenlage zu bringen. Sie zog an Armen und Beinen, bediente verschiedene Hebel und steckte dem Leblosen zum Schluss eine Zigarettenschachtel zwischen die Zähne, damit er nicht ersticken konnte.

«Wer ist das eigentlich?»

Niemand antwortete. Brander holte einen silbernen Flachmann raus. Wir tranken reihum, und ich genoss das merkwürdige Zusammengehörigkeitsgefühl nach großen körperlichen Leistungen. Die anderen begannen, sich über Holm zu unterhalten. Keiner kannte ihn genauer, aber die wenigen Details, die ihnen zu Ohren gekommen waren, hatten seltsame Bilder in ihnen heraufbeschworen. Man spekulierte über Größe und Zukunft des Unternehmens ZIA, wilder Enthusiasmus flammte auf, und das überraschte mich nicht. Hätten die Leute kritischen Geist besessen, wären sie der Einladung ja gar nicht erst gefolgt.

«Du weißt das doch besser», sagte Julia plötzlich, «du hängst doch mit drin.»

Ich winkte ab.

«Sie ist die Chef-Organisatorin», erklärte Julia den anderen.

Ich schüttelte den Kopf. Meine Stellenausschreibung lautete HTML-fähige Putzkraft, nach Möglichkeit taubstumm.

«Die Chefin?», fragte Brander.

«Ja», sagte Julia.

«Nein», sagte ich.

«We häff ways to make you tock!», sagte Brander und hielt mir launig den Flachmann an den Mund.

Ich hatte den Eindruck, bereits ausreichend Widerstand

gegen diese Veranstaltung geleistet zu haben, und wollte nicht noch über Holm und seine Geschäfte reden – und ich weiß, ehrlich gesagt, nicht, warum ich es dann doch tat. Vielleicht wegen dem Alkohol, vielleicht aus Redlichkeit. Vielleicht auch wegen dem Araber. Er hatte wirklich wunderbare schwarze Augen. Er trug einen äußerst eleganten Anzug, und seine Hände waren schmal und mädchenhaft.

Ich erzählte von Holms Immobiliengeschäften, seinen Reisen in den Osten, der Sache mit den Warhols. Holms Vater war luxemburgischer Finanzminister, seine Mutter hatte in den 70ern in der Factory gearbeitet und sich von *Andy* ihren gesamten Hausstand signieren lassen. «Eine der fünf reichsten Frauen Deutschlands», sagte ich und wunderte mich selbst, was ich da redete. Teilweise kamen diese Informationen von Cornelius, einiges hatte mir ein Mann mit Vollbart auf einer Party erzählt, der Rest hatte so oder so ähnlich in der *Jungle World* gestanden. Holm selbst hatte einen Reemtsma-Komplex und konnte über diese Dinge nicht sprechen. Oder zumindest mit mir nicht, ich kannte ihn ja noch nicht lange. Branders Gesicht wechselte von weiß zu rot zu rosa, von Interesse über Jovialität zu äußerster Anspannung.

«Das Menschliche», sagte ich und machte eine alberne Kunstpause. «Aber auch, was Holms Fähigkeiten angeht. Unser Büro hat er in weniger als einem Tag tapeziert und gestrichen. Und beruflich …»

«Beruflich?», sagte Brander.

«Ja, beruflich», sagte ich. Ich wischte mir mit der Hand über Gesicht und Augen, als würde ich Hautcreme verreiben. «Beruflich hat er eben schon sehr viele Erfahrungen gemacht.»

«Erfahrungen», sagte Brander.

«Erfahrungen. Ein Mensch wie Holm und eine Agentur wie diese! Das ist wirklich absolut neuartig. Das Einzige, was man halt nicht erwarten kann, ist definitiv Geld. Aber!» Ich hob beschwörend die Augenbrauen. «Das bleibt natürlich unter uns.»

«Natürlich», sagte Brander.

«Natürlich», sagte der Araber.

Der Bewusstlose gurgelte.

Brander schraubte seinen Flachmann langsam wieder zu und ließ ihn in der Jacketttasche verschwinden. «War ja klar», sagte er schließlich. «Zentrale Intelligenz Agentur! So einen Namen würde man ja nicht geschenkt haben wollen.»

«Jetzt wird gefickt!», rief der Bewusstlose, ohne aufzuwachen. Die Zigarettenschachtel war ihm aus dem Mund gerutscht. Julia verstaute sie erneut im Bewusstlosen und sagte, ihr sei das letztlich auch ganz egal. Sie sei hier, um Kontakte zu knüpfen.

Im Festsaal war mittlerweile alles außer Kontrolle. Die DJs waren bei Scooter angelangt, und ein Mann im Zweireiher rollte auf einem Bobbycar zwischen den Tanzenden hindurch. Natascha unterhielt sich mit einem Mann, der behauptete, Pornodarsteller zu sein, seine Crew habe ihn am Vortag vergessen. Sie redeten über Foucault. Die ganze Atmosphäre war irgendwie unangenehm. Der Darsteller wollte wissen, was ich so mache. Das Gleiche hatte er Natascha auch schon gefragt. Ich fragte zurück, ob er Lust auf Kontakte habe, in zehn Minuten in Zimmer 14.

Dann ging ich zur Theke und zapfte mir noch ein Bier. Dort traf ich Cornelius, der sich ebenfalls ein Bier zapfte, weil der Wirt oder der Schlossherr oder was immer das war, aufgegeben hatte, und ich fragte Cornelius, ob er Lust auf Kontakte habe, und er sagte: «Ja, aber nicht mit dir.»

Holm kam dazu. «Ich hab da was entdeckt», sagte er und zog mich in einen winzigen Nebenraum. Er schob mit dem Fuß einen Stapel leerer Pappkartons zur Seite und kroch unter einen Tisch. Ich kroch ihm nach. Er zeigte auf eine Dreifachbuchse in der Wand.

«Ja und?»

«Da», sagte er ehrfürchtig, «das Internet.»

Er war voll wie eine Haubitze. Ich erkundigte mich, wieso er glaube, dass da DSL drauf wäre, und er fing an zu weinen. Er hämmerte auf meinen Oberschenkel und fragte, wie er morgen diese Scheißagentur gründen solle, wenn nichts, aber wirklich auch gar nichts funktioniere, und ich sagte, er solle sich keine Sorgen machen, er würde das schon hinkriegen. Er sei die letzten dreißig Jahre mit dieser Einstellung durchs Leben gekommen, da werde sich jetzt nicht ausgerechnet morgen plötzlich was dran ändern. Vielleicht könne er die Tatsache, dass wir eine Internetklitsche seien, auch einfach gar nicht erwähnen, den Webauftritt totschweigen oder noch besser behaupten, wir hätten gar keinen. Der Trend ginge eh zurzeit stark in Richtung Retro.

Wir saßen unter dem staubigen Tisch wie spielende Kinder, und Holm sah mir ins Gesicht, ein Hoffnungsschimmer leuchtete in seinen grünen Augen.

«Ich sag einfach Vintage», sagte er.

«Du sagst einfach Vintage», sagte ich. «Das ist super. Das ist noch besser als Retro.»

Sascha Lobo kam herum und verteilte Ritalin und Prozac aus einem rosa Handytäschchen. Er war Besitzer einer Fußball-Wettbörse. Ich nahm zwei Tabletten und spülte sie mit Bier hinunter. Die Wirkung der Tabletten wurde durch den Alkohol verhindert oder verzögert oder die Wirkung des Alkohols durch die Tabletten, das hatte ich mal gelesen, aber ich spürte nichts. Ich spürte, ehrlich gesagt, gar nichts. Später kam dann Marek herum und verteilte was anderes, das war deutlicher zu merken.

«Holm sucht dich», sagte Marek. «Dringend.»

«Der hat mich schon gefunden.»

«Nee. Du sollst jetzt was auf Papier machen.»

«Auf Papier? Im Ernst?»

«Im Ernst.»

Von hinten näherte sich schon wieder Lottmann. Man erkannte das, wenn man nach vorn guckte, daran, dass alle Leute einem plötzlich den Rücken zukehrten. Ich hatte ihm schon den Rücken zugekehrt, musste also nicht mehr handeln. Diesmal ging er zum Glück an mir vorüber, prallte auf die Mädels vom Leipziger Literaturinstitut und verstrickte sie in sein Elend. Er erklärte ihnen der Reihe nach, warum Verlage scheiße und Agenten Gott wären. Er erklärte, dass er sie alle bei Rowohlt unterbringen würde. Er sagte, es sei ein Anfängerfehler, Elke Heidenreich zu ignorieren, weil sie keine Ahnung habe. In Wirklichkeit habe sie mehr Ahnung als Rainald Goetz und Diedrich Diederichsen zusammen.

In der einen Hand hielt Lottmann einen Schaschlikspieß und lutschte mit geschürzten Lippen die Fleischstückchen herunter, während er redete, und wenn er nicht redete, dirigierte er die Unterhaltung, indem er den Schaschlikspieß, auf dem jetzt nur noch ein durchsichtiger Paprikaschnipsel steckte, im Takt auf und ab schwang und immer auf das Mädchen zeigte, das als Nächstes reden sollte. Mit der anderen Hand knöpfte er sein Hemd über der Brust auf und wedelte es mit leichten Flügelschlägen von den Schultern. Die Mädchen kicherten. Sie kannten ihn nicht.

«Geht's wieder los?», sagte Natascha. «Holm sucht dich.»

«Ich weiß.»

Lottmann unterbrach die Blondeste mit dem Taktstock. «Es kommt darauf an, dass man lieb zueinander ist.» Er lutschte den Schaschlikspieß sauber, schob ihn durch sein Brustwarzenpiercing und drehte das Ende wie einen Schraubstock einmal herum. Mit einer Fingerkuppe hielt er das zitternde Hölzchen fest. Dann ließ er los und drehte in die andere Richtung, als könne er ein Uhrwerk in seinem Innern aufziehen. «Die alte Rechtschreibung ist besser als die neue», sagte er. «Aber das Wichtigste darf man nicht aus den Augen verlieren. Kunst entsteht durch Leiden.» Er kurbelte, ein kleiner Blutstropfen rann die Haut hinunter. Ich hatte das auch schon mit Kugelschreibern und zusammengerollten Postkarten gesehen. Die Mädchen, die bereits zuvor sehr still gewesen waren, ertrugen die Erkenntnis, dass Literatur ein schmutziges Geschäft war, mit großer Fassung, wie ich fand. Als Lottmann anfing, an seiner Hose herumzunesteln, ging ich Holm suchen.

Holm war nirgends zu finden. Stattdessen traf ich Kirk auf dem roten Polstersofa. Er saß dort neben Wiglaf Droste und hatte einen Schnuller im Mund.

«Wo ist Holm?», fragte ich ihn.

«Ngh-ngh-ngh», sagte Kirk.

«KRAAAAAAATZIMIAMSACK!»

Ich griff nach dem Schnuller, Kirk drehte den Kopf weg.

«Wo ist Holm!», sagte ich.

«Ngh-ngh», sagte Kirk und sah mich an wie Maggie Simpson.

«Es ist wichtig.»

Kirk hob Arme und Beine und hopste auf dem Sofa, indem er nur den Rücken krümmte und streckte.

«Kirk!», sagte ich.

Er quiekte und griff nach meinem Oberschenkel. Cornelius kam vorbei, und ich fragte ihn, wo Holm sei.

«Wo gibt's denn diese Schnuller?», sagte Cornelius.

«Ngh!», sagte Kirk, und Cornelius schaute in die Richtung von Kirks ausgestrecktem Arm. Dort schleppte der Schlossherr zwei Kinder aus dem Saal, unter jedem Arm eins.

«Ich wünsch euch die Pest an den Hals», sagte ich.

«Ngh-ngh-auch», sagte Kirk, dem bei dem letzten Wort der Stöpsel aus dem Mund gefallen war.

«Sag mir, wo der bescheuerte Chef ist, Mann!»

«Daaa irgendwo», sagte Kirk gelangweilt.

Cornelius zupfte mit dem Mund den Strohhalm aus seinem Cocktail, zielte und spritzte mich nass. Dann rannte er weg. Ich rannte hinterher. In der Großküche erwischte ich ihn und goss ihm mein Bier über den Rücken. Eine Frau stand an einem großen Edelstahltisch und schnitt Zwiebeln. Sie war um die dreißig, irgendwo zwischen Cheerleader und Gouvernante, sah mich streng an und sagte, ich solle die Schweinerei wieder wegmachen. Sie meinte das Bier. Ich sah mich nach Cornelius um, Cornelius war verschwunden. Meine Wahrnehmung verlangsamte sich spürbar.

Die Küche hatte große graue Granitfliesen. Während ich das Bier auffeudelte, begann meine Tätigkeit mir bedeutsam und tiefsinnig zu erscheinen, und ich wischte mit großen buddhistischen Schwüngen die ganze Küche, unter allen Tischen durch und dann das Nebenzimmer und den Flur, bis die Cheerleaderin mir den Schrubber aus der Hand nahm und sagte, jetzt sei es mal gut, ich solle aus ihrer Küche verschwinden.

Ich machte einen Spaziergang durch das Dorf, weil ich dachte, das würde mir guttun. Die ersten Autos fuhren bereits vom Parkplatz. Brander rollte in einem Cabrio an mir vorbei, ohne mich zu bemerken. Die Nachtluft war herrlich, aber die Straßen schienen mir eng und sinnlos, und ich fand mich nicht zurecht. Eine Art Turnhalle stand in der Nacht herum wie ein Schrank. Über dem Eingang ein Schild BIG FUN, alle Fenster waren mit Brettern vernagelt. Nirgends Menschen. Ich dachte schon, es gäbe keine, da fand ich auf dem Dorfplatz vier Glatzen und ein Moped im Schein einer Straßenlaterne. Eine Simulation von Dorfjugend. Ich fragte sie, warum sie Eminem hörten auf ihrem Kassettenrecorder, statt Störkraft oder Frank Rennicke. Das kannten sie nicht mal, ich musste es ihnen vorsingen. «Wir stehen am Wege und lauschen dem Sang, fremd klingt das Wort, fremd ist sein Klang, wir haben nicht Hof mehr, noch Haus, noch Feld, der Fremde hat's erworben mit schmählichem Geld.» Ich wiegte mich in den Hüften und machte Windmühlenbewegungen mit beiden Armen, während ich sang, und die Dorfjugend schaute mich mit ihren großen traurigen Zonen-Augen an. Dann schenkten sie mir ein Bier. Ich ging durch die weiter werdenden Gassen langsam und über die Felder hinaus in die Nacht. Ich versuchte im Stehen zu pinkeln und setzte mich hin, als mein linkes Bein nass war. Auf einer Straße unter einem Kirschbaum legte ich mich ins Gras. Ich sah den Polarstern, den einzigen Stern, den man mit bloßem Auge erkennen kann, und ich erinnerte mich, was Holm einmal zu mir gesagt hatte, als ich ihn kennengelernt hatte. Da war es auch Nacht gewesen.

«Heidi», hatte Holm gesagt. «Das Weltall ist unendlich groß. Das entspricht der Größe von unendlich vielen Fußballfeldern.»

Danach habe ich eine kurze Erinnerungslücke. Das Nächste, was ich weiß, ist, wie ich im Billardsaal stand und von meinem Bruder erzählte. Ich glaube, ich hatte über den Hof ins Schloss zurückgefunden, durch den Keller, durch die Tapetentür oder wie auch immer. Ich hatte jetzt einen Queue in der Hand, und jemand fragte mich, was los sei. Der Mann, von dem die Frage kam, hatte auch einen Queue in der Hand und eine gepunktete Fliege am Kragen. Ich versenkte die Acht, und der Mann fischte sie wieder aus dem Loch, bevor sie weglaufen konnte, und legte sie zurück auf die Stelle, wo sie zuvor gelegen hatte. Wie in der Quantenmechanik, dachte ich, ist es mit diesen Kugeln, der Zeitpfeil hat keine erkennbare Richtung.

«Was ist jetzt mit deinem Bruder?», sagte der Mann und wurde von Natascha unterbrochen, die mit einem Hut herumging.

Der Zweck der Sammlung blieb unklar, hatte aber nichts mit der ZIA zu tun. Wahrscheinlich ging es um Alkohol. Ich gab zwei Euro. Der Mann, mit dem ich Billard spielte, fünfzig Cent.

Der Schlossherr tauchte in der Tür auf. Er schrie, wer diese Idioten reingelassen habe. Wörtlich so. Die dürfe man hier nicht reinlassen, rief er, die wären ins Schloss eingedrungen, die seien ihm alle bekannt! Das seien alles Nazis, die entweder gegen obszöne Filme, die hier gedreht würden, protestieren oder, schlimmer noch, in ihnen mitspielen wollten, die dürfe man auf keinen Fall reinlassen, die Tür habe immer fest verschlossen zu bleiben, ob wir das verstanden hätten? Mit denen dürfe man überhaupt nicht – die hätten behauptet, eine Einladung nach Zimmer 14 zu haben. Wenn das nächste Mal einer durch die Tür da käme, da auf dem Sims läge CS-Gas bereit, das läge da immer, für alle Fälle. Er wartete, bis wir das abgenickt hatten, und ging dann in den nächsten Raum, um seine Botschaft zu wiederholen.

«Dein Bruder», sagte der Mann. Ach ja, mein Bruder. Ich schaute mich um, wer eigentlich alles anwesend war. Der schöne Araber saß rittlings auf einem Stuhl. Das läuft ja ausgezeichnet, dachte ich. Dann noch ziemlich viele Leute, die ich nicht kannte. Ich streckte meinen Hintern raus und legte auf eine grüne Kugel an, der Mann hielt meinen Queue fest. «Du bist nicht dran», sagte er. Ach so, ich war nicht dran. Alles klar. Aus dem Nebenraum waren Schreie und Gelächter zu hören.

Der Mann warf die Kreide hoch und fing sie wieder auf. «Dein Bruder», sagte er. «Mein Bruder», sagte ich. Ich erzählte Version zwei. Sie machten die üblichen Gesichter, und ich wartete, bis sie die üblichen Fragen stellten. Alle stellten immer die gleichen Fragen. War er es wirklich? War es was Sexuelles? Ist dir das in der Kindheit schon aufgefallen? Empörung und Empathie. Aber wenn man ehrlich ist, es gibt keine Empathie. Die ganze Sache ließ mich kalt. So wie die Sache mit Christines Vater mich kaltgelassen hatte. Vater hat Darmkrebs, Liebling? Schön für ihn. Ich meine, natürlich sagt man nicht *schön für ihn*, auch nicht hinter seinem Rücken. Aber das Mittagessen kommt einem auch nicht gerade wieder hoch wegen ein bisschen Darmkrebs, den irgendwer hat, den man nie besonders mochte. Wobei Darmkrebs auch schon sehr speziell ist, daran möchte man ja doch lieber nicht sterben. Wennschon, dann bitte was Spektakuläres, was auch nach dem vierten Glas Wein noch für Unterhaltung sorgt. Creutzfeldt-Jakob zum Beispiel oder Chorea Huntington. Oder, noch besser, Meteoriten-einschlag. Und am besten natürlich, das fiel mir jetzt wieder auf, ein Bruder, der schon als Kind Meerschweinchen auf Brotschneidebrettern gekreuzigt hatte. Das wirkte auf alle, die da im Billardsaal saßen, mindestens so, als hätte ich keinen BH an oder wäre der Dalai-Lama. Welches Elend! Welcher Wahnsinn in dieser Familie!

Wenn man es zu oft erzählte, nutzte es sich allerdings ab. Die aufmerksamen, hochkonzentrierten Gesichter fingen an, mich zu quälen, und wie ein Dia durch meinen Kopf wurde das Bild gezogen, wie ich noch vor wenigen Minuten unter einem Kirschbaum gelegen und glücklich mein Bier getrunken hatte. Tränen stiegen mir in die Augen. Was für eine reizende Person, dachten die Leute wahrscheinlich. Ich beendete das Spiel, indem ich zum zweiten Mal die Acht versenkte. Dann sah ich mich nach dem Araber um, er war verschwunden. Ich ging ihn suchen. Oder ich ging Holm suchen. Den suchte ich ja sowieso.

«Du gehörst doch auch dazu», sagte jemand auf der Treppe und drückte mir einen Zettel in die Hand, eine abgerissene Kinokarte von *Matrix III*. In dem Zustand, in dem ich mich befand, hatte ich leider nicht mehr die seelische Energie, darauf zu achten, wer mir diese Karte zusteckte und warum. Erst einige Tage später, als bereits klar war, dass aus der Zentralen Intelligenz Agentur nichts mehr werden oder sie zumindest nicht den Holtzbrinck- oder Rupert-Murdoch-Maßstab annehmen würde, den Holm avisiert hatte, und in der Bedeutungslosigkeit versank wie praktisch alles, was man zu dieser Zeit anpackte, fand ich den Zettel in meiner Tasche wieder. Auf der Rückseite hatte jemand mit winziger Schrift Notizen gemacht.

- *Allgemeines, Begrüßung*
- *10 nach vorn*
- *Natascha, Nele, evtl. Kirk?*
- *zwanglos ins Get-Team*
- *Y über Asien (abwürgen)*
- *in Modulen denken / in Modulen handeln*
- *nachhaken wegen Seele*
- *2000 Leute, die das Rechtliche regeln*

Die Handschrift kannte ich nicht. Ich hatte Holm im Verdacht, aber im Prinzip konnte es jeder gewesen sein.

Ich betrat den Festsaal, sah Wiglaf Droste und ging wieder hinaus. Ich hatte vergessen, was ich wollte. Mir kam die Idee, nachzuschauen, ob die Orgie in Zimmer 14 schon begonnen hatte. Oder ob es das Zimmer überhaupt gab.

Es gab Zimmer 14, und es lag direkt unter dem Dach. Die Tür stand weit offen. Es war, logisch, das Zimmer, wo wir den Besoffenen abgelegt hatten. Er lag da noch immer in der halbstabilen Seitenlage, aber er hatte jetzt keine Zigarettenschachtel mehr im Mund, nur eine leere Bierdose stand senkrecht auf seiner Schläfe. Um ihn herum Unmengen von Leuten. Alle hatten orange Cocktails mit grünen Schirmchen in der Hand und unterhielten sich, genau wie unten im Saal. Durch den Fußboden hämmerte der Bass.

Die meisten schienen mit ihren Kräften am Ende, aber allen stand der eiserne Wille ins Gesicht geschrieben, durchzuhalten. Stalingrad.

Ganz hinten in einer Ecke stand Holm. Er entdeckte mich im gleichen Moment wie ich ihn, nahm eine Hähnchenkeule vom Fensterbrett und schleuderte sie quer durch den Raum. Sie schlug hinter mir im Türrahmen ein. Ich zeigte ihm den Mittelfinger. Er drehte sich zu Cornelius um und steckte ihm die Zunge in den Hals.

In den Fenstern hing ein erster Lichtschein, der Morgen dämmerte. Ich dachte, es wäre eine gute Idee, jetzt schlafen zu gehen. Allein ich konnte mein Bett nicht finden. Ich öffnete alle Türen auf dem Gang und weckte alle Leute, bis ich merkte, dass ich im falschen Stockwerk war. Hinter einer trapezförmigen Tür ging eine Wendeltreppe hoch. Mit beiden Händen am Geländer zog ich mich nach oben, es war ganz dunkel. Ein Dachboden, Staub und Glaswolle. Ich tastete mich auf einen schwachen Lichtschein zu und stieß gegen eine Aluminiumleiter, da kletterte ich hinauf. Ich öffnete eine Klappe über mir und stand mit einem Mal hoch oben über dem Schloss, über dem Dorf, über den Feldern und allem anderen auf einer kleinen, runden Plattform auf dem Dach. Die Luft war angenehm kühl und durchsichtig. Auf der einen Seite des Himmels war noch schwarze Nacht, auf der anderen wurde es schon hell. Blau übertaute Felder und Wiesen lagen rechteckig bis an den Horizont, alles glitzerte. Wie immer, wenn ich einen solchen Morgen sah, was nicht allzu häufig vorkam, hatte ich diese unangenehmen religiösen Gedanken. Ich fühlte mich wie ein Aussatz im All. Jeder Tautropfen war unvergänglicher als ich. Eine schreckliche Welt.

Ich weiß nicht mehr, wie lange ich da stand. Irgendwann hörte ich Schritte, und der Kopf des Studenten, den wir besoffen ins Bett geschleift hatten, tauchte in der Bodenluke auf. Er sah jetzt nicht wesentlich gesünder, aber etwas wacher aus als vorhin, holte seine Sonnenbrille aus dem Haar und stellte sich neben mich. Die Sonne hob sich über den Horizont, und alle Bäume und Sträucher bekamen eine rote Seite und eine türkise. Der Mann legte wortlos seinen Arm um mich. Irgendwo bellte ein Hund.

Der Autor dankt Marek Hahn, Lars Hubrich, Wolfgang Hörner, Holm Friebe, Jens Friebe, Cornelius Reiber, Robert und Anita Hepforscher, der Tokioter Akademie für Literatur und Wissenschaften und insbesondere Kathrin Passig für Unterstützung und Mitarbeit an diesem Buch.